等那一树
紫藤花开

DENGNAYISHU
ZITENGHUAKAI

纪学梅　纪学楠 / 著

中国言实出版社

图书在版编目(CIP)数据

等那一树紫藤花开 / 纪学梅, 纪学楠著 . -- 北京：
中国言实出版社, 2023.4
　　ISBN 978-7-5171-4373-4

　　Ⅰ.①等… Ⅱ.①纪… ②纪… Ⅲ.①散文集—中国
—当代 ②诗集—中国—当代 Ⅳ.①I217.1

　　中国版本图书馆 CIP 数据核字（2023）第 013091 号

等那一树紫藤花开

责任编辑：史会美
责任校对：王建玲

出版发行：中国言实出版社
　　　　　地　址：北京市朝阳区北苑路180号加利大厦5号楼105室
　　　　　邮　编：100101
　　　　　编辑部：北京市海淀区花园路6号院B座6层
　　　　　邮　编：100088
　　　　　电　话：010-64924853（总编室）　010-64924716（发行部）
　　　　　网　址：www.zgyscbs.cn　电子邮箱：zgyscbs@263.net

经　　销：新华书店
印　　刷：北京盛通印刷股份有限公司
版　　次：2023年10月第1版　　2023年10月第1次印刷
规　　格：787毫米×1092毫米　　1/16　　13.5印张
字　　数：200千字

定　　价：68.00元
书　　号：ISBN 978-7-5171-4373-4

纪学梅

　　女，笔名莹雪。中国金融作家协会会员、甘肃金融作家协会会员、神州文艺签约作家。20世纪90年代初开始文学创作，先后在省级以上刊物发表散文、诗歌、论文50余篇。因酷爱阅读散文，愿意以一种热爱在山水间行走，在文字中漫步，感悟人生悲喜，传递温暖情怀。

纪学楠

　　男，籍贯甘肃武威。甘肃省农信联社摄影家协会会员、甘南州摄影家协会会员、碌曲县摄影家协会会员。现供职于皋兰县农村信用合作联社。于2008年开始学习摄影，个人摄影作品先后多次在国家级、省级及金融系统摄影大赛上获奖。

序

许曙明

　　甘南，是不是你有湛蓝如洗的天空、广袤无垠的草原、冰清玉洁的雪山、茂密幽深的森林、清澈透明的湖泊、汹涌澎湃的河流……才赋予了出生在甘南的人特有的灵性？

　　纪学梅和纪学楠就是有灵性的人。

　　纪学梅和纪学楠是姐弟，姐弟俩在甘南出生，在甘南长大。姐姐喜欢写作，弟弟喜欢摄影。无论是纪学梅的文字，还是纪学楠的照片，都透露着甘南肥美鲜嫩的青草、洁白精致的帐篷、袅袅升起的炊烟、白云般飘过的羊群、狂风般卷过的骏马带给他们的那种与生俱来的灵性。

　　纪学梅是一位业余文学爱好者，在三十多年的生活和工作中，她善于发现美好的人和事，发自内心地热爱甘肃农信工作，她的多篇文稿叙述了甘肃农信人二十多年艰难曲折的改革历程，描绘了几代人爱社如家，无私奉献，铸就甘肃农信辉煌历史的曲折过程，也真情抒发了作者对甘南草原的眷恋与热爱。纪学梅的创作意识很强，对工作中的点滴之美，她能用朴实流畅的文笔细腻生动地勾画出来，意境深远，清新舒朗，流畅饱满，格调高雅。

　　纪学楠是一位业余摄影爱好者，草原的生活经历养成了他喜欢草原、热爱草原的独特性格。他的摄影作品，以舒朗的构图、淡雅的色彩表达自己内心的艺术构思，以意境取胜，独具匠心，让人回味无穷，展示出纪学楠独特的审美情趣。他镜头下的远山、近水、朝晖、晚霞，都让人体味到宇宙的浩大，显现出草原"宁静"之大美，震撼人心。

阅读纪学梅的文字，清新的气息扑面，意境新颖。自然状态下的甘南草原景色，无不向读者传达着一种秀美、古朴、自然的景象和秀雅、宁静、淡泊的美感。高原上常见的蓝天、白云、绿草地、油菜花，成群的牛羊，夕照中的牧歌，经过她的描绘，就有了一种超然物外的意味，营造出一个让人回味的境界，层层渲染，带给人清风拂面的享受。

观赏纪学楠的照片，他酣畅淋漓地表达了甘南草原的大美：天地相融，静谧安详。碧草萋萋，绿水盈盈。风吹草低，牛羊悠悠，看后能引发人的悠悠思情。通过他的照片，我们可以想象出这样一幅画卷：一个牧羊女在绿毯一样的草原上唱歌，神情专注投入，歌声委婉悠长，服饰艳丽华美，头发乌黑飘逸，肤色健康红润，眼神阳光善良。她边唱边轻轻地挥动着羊鞭，似乎不是在警示羊群，而是在向天地展示她的存在，告示她的生命宣言。

纪学梅是一位勤奋多思的作者，繁忙的工作未使她放弃对文字的执着，写作是她生命中不可或缺的部分。至于写什么，则完全取决于内心的感受，一株无名的小花，一株即枯的杂草，不经意间便跃入心头。生命是什么，也许就是一花的绽放与一草的枯黄。她从身边平凡的生命中体悟着自然，自然也以花落无声的方式感动着她。她的每一篇作品，都是对生命的感悟之作。审视每一位成功的艺术家的创作轨迹，必与其生活修养、人品、心境相对应，对生活没有感悟的人，也不会有一颗感人的心灵，不可能创作出感人之作，纪学梅就是一个对生活有感悟的人。

纪学楠是一位勤奋的摄影家，为了摄取一个满意的镜头，他不惜跋山涉水，日夜守候，不惧严寒酷暑、雨雪风霜。他总能在我们司空见惯的事物中，发现、表达出更深一层的美。他照片中的人物神态纯朴自然，心态恬静祥和。精美的色彩渲染了勤劳的藏族群众劳动生活的场景，个性鲜明地反映了现代生活中一种原生态生活的惬意，气息古朴，富有诗意。

姐弟俩的父母，非常注意孩子的教育，自小就培养他们的良好习惯，引导他们对周边感兴趣的事物特别是大自然进行细致的观察与思考，这使他们长大以后，有了丰富的生活积累和心灵感受。特别是生活在甘南的人们的诚信、友好、和善、淳朴、善良、勇敢、坚强、执着、热情、豪放、坦然、平静等品质对姐弟俩性格、思想、爱好的养成产生了极大的影响。平日积累的素材萦绕于脑海时，便常有灵感迸发。姐姐的文字，在观照自然的同时，用一颗明澈的心感悟自然，顺应自然，融入自然，在静观宇宙生命变化中忘怀自我，弃绝自我，与自然之道息息相通，在这种状态中，她真正感悟于用"天人合一"的观点来感悟生活，才使她能创作出打动读者的作品。而弟弟纪学楠的镜头，将蓝天、白云、雪山、草原、森林、湖泊、河流、石林、帐篷、炊烟、牛羊、骏马、经幡、转经筒、玛尼堆和正月的晒佛节、七月的香巴拉都收入其中，在人们司空见惯的事物中发现常人感受不到的意境。

人常说文如其人，纪学梅的作品带给人最大的特点就是"静"，这与她的心境是一致的，她的文风和她的为人一样，于平正中见灵性，率真中寓洒脱。她的作品景与情结合，体现了中国传统文化的审美特点，退去铅华的自然更能彰显出一种静穆之美。质朴是她作品的又一大特色，将生活的真实与自身的感触融为一体，如涓涓流水，沁人心脾，体现了大自然的神秘与空灵，散发出一种脆弱生命顽强抗争、生生不息的气息，具有了更强的审美意味。

纪学楠的摄影，特别注重意念、意境，除了甘南的自然风光，甘南的地域文化特征成为他的表达重点，他的作品传递出甘南草原特有的人文风情。神奇无比的藏传佛教、昂首天界的拉卜楞寺、拂动飘摇的五色经幡、神态庄重的虔诚喇嘛、追心而动的转经轮、沉默无言的玛尼堆……都能够在他的镜头下表现出一种特别的意念、意境。

纪学梅、纪学楠姐弟怎么能够做到这些呢？

我想，甘南的阳光灿烂，灿烂的阳光会照得人心温暖；甘南的高原宽广，宽广的高原会使人的灵魂变得无遮无拦；甘南的雪峰纯洁，纯洁的雪峰会融化人的卑劣；甘南的河流清澈，清澈的河水能洗净人心里的污浊。纪学梅、纪学楠姐弟在甘南长大，大自然的美好，家教的传承，甘南人真真切切的淳朴善良，原原本本的友好无私，赋予了姐弟俩善良、真挚、执着的禀赋。无论是姐姐的笔，还是弟弟的镜头，都在执意表达心中的良善与真诚。藏民族艳丽多彩的服饰、优美豪迈的舞姿、热烈奔放的音乐、摄人心魄的歌曲、甘甜香醇的美酒、滚烫诱人的奶茶……在他们的笔下和镜头中都表现出原生态的真实。我想，在甘南那种离天最近的地方，人人都会追着太阳唱歌，追着太阳唱歌的地方就会有纯真的民风，纯真的民风就会教会人真实，他们真实的性格表现在创作上，就有了这种真实的风格。只要真实，其余的效果就会变得自然而然。

纪学梅在学习传统的散文写作的基础上，融会贯通，不囿于前人的藩篱，这使她的作品有了一种新鲜的创造力、生命力。以自己的面貌示人，是她创作以来一直坚守的原则，这使她的作品总能够与众不同。多年的散文写作，让她对写作对人生总有着新的感悟。正是有着不断的思索与体悟，使她总是对自己的作品不满意，她总说自己还处于创作学习的探索阶段。

纪学楠在摄影中不断地突破自己，不断地更新自己。摄影是不断翻新的艺术，需要永无止境地学习、变化，纪学楠正是在不断地学习、不断地翻新中，不断地变化。

对纪学梅、纪学楠来说，这本书的出版，只是一个起点，以后的路还很长，相信他们会矢志不渝，持之以恒，在追求艺术的道路上锐意进取，永不停步。

二〇二二年七月二十六日

目录

目录

· 湿地之美 ·

· 牧场金秋 ·

· 玛曲大草原 ·

· 草原不夜城 ·

· 秋 韵 ·

· 郎木寺 ·

· 云之歌 ·

· 翠山晨雾 ·

· 牧场小景 ·

· 花中行 ·

·晨　曦·

·生命的舞台·

· 晨 曲 ·

· 桥头小景 ·

· 春来早 ·

·生命之源·

· 青青河边草 ·

· 初冬尕海 ·

· 雪满山村 ·

·树之舞·

雪满人间四月天

　　草原上的春天总是与众不同，当其他的地方处处鸟语花香、桃红柳绿、万象更新的时候，草原上的四月，雪花漫天飞舞，白雪皑皑，银光闪闪，就是不见春天的踪影。飘落在地上的雪花将刚刚伸出头的草芽遮住，小草赶紧缩回头去，再也不敢轻易大摇大摆地探出来。春天里的落雪，就是不愿意打扰沉睡已久的万物，只想延续冬日里的童话。

　　天空中飘着的雪，让草原上的春天姗姗来迟，草原上的人们看着电视里的桃红柳绿，琢磨着草原春天的银装素裹，总也等不来春天的千树万树梨花开的景象，全然将雪花飞扬的春天刻在心里，走在草原上的人们开始耐心地等待草绿、山绿的那一天。

　　天空飘落的雪花，让草原寂寞的春天有了另一种气息，预示着另一种关于生命的意义。好大的一场雪，成了草原茂盛的源泉，了却草原冬日无雪的遗憾，为夏日里又一个牛肥、羊壮的牧场补充了水分，积蓄了能量。为此，草原儿女多了梦想，走出去看外面的世界，看春天里的繁花似锦、百花争艳。

　　漫天飞扬着鹅毛般的雪花，洗去草原冬日里的风尘，等待着草原调好上妆的色彩。春天的雪花散落在人们的发丝间，让人们突然感觉到一份情切切，一份意浓浓。在寂静的雪夜，用心听雪落的声音，能否感觉到春天的脚步已经悄悄走来？整理好沉寂已久的心情，静静等待着，终于等到一个迟到的春姑娘，犹抱琵琶半遮面地徐徐到来。

飘雪的四月，是草原的希望。春天飘雪的日子，草原上的鸟儿没有了她的舞台。小溪唱着悦耳的歌却少了知音。好大的一场雪，好冷的风将雪花吹落在人们的发丝间，融化，始终没有冷却草原人们欢迎春天的热情，依旧踏着咯吱咯吱的雪，任裙裾在风雪中飘起。

★ 载于二〇一〇年五月《甘肃信合》

放飞的歌声

　　秋日清凉的夜里，草原山城的人们不愿意在冷冷的寒风中逗留，早早地躲进了温暖的屋子里。秋夜是寂静的，天空中繁星陪伴着弯弯的月亮，只能看到沉睡着的远山轮廓，模模糊糊的河道时隐时现，河水哗啦啦地唱着小夜曲。河边的树在寒夜中有些单薄，树头上挂着稀稀落落的秋叶。路灯耸立在马路上，默默守候着夜归的人们。

　　秋夜寂寞又冷清，我住的小院里没有人走动，家人都各自在安静地看书或学习。突然一阵阵嘹亮的歌声划过沉静的夜空，从院外的马路上传来，让我封闭已久的心触电了，也被感动了。我听到由远而近传来"遥远东方有一条江，它的名字就叫长江，遥远的东方有一条河，它的名字就叫黄河……古老的东方有一条龙，它的名字就叫中国，古老的东方有一群人，他们全都是龙的传人……"。虽然几个男声唱的歌声有些参差不齐，但是那种刚劲有力的气势和极强的节拍已经让人沉醉。歌声渐渐远去，已经听不出唱的是什么，但让我浮想联翩。

　　我渐渐悟出，幸福和快乐属于十六岁的花季，天真烂漫，绚丽多彩，人生正当好的青春年华，云淡风轻的少年心，无忧无虑，可以潇洒走一回。常常因录音机里播放的流行歌曲而激动，"我的热情，好像一把火，燃烧了整个沙漠……"，远远的歌声飘扬在夏日的风里，年少的我们会轻易地被感动，脸上流露出会意的笑容，悄悄跟着音调学唱。上了年纪的父辈们也许会被感染，但脸上却依然淡定自若。歌声飞过山岗、草地、大街、小巷、院落，给沉静已久的小城带来一缕春天的气息，使草原山城整个夏天都显得热情洋溢、生气勃勃。

我曾经的自豪，一只手提的录音机，一盘从省城买来的流行歌带，相知的同学相约围坐在有五色小花点缀的绿色草地上，让温暖的阳光洒在青春灿烂的脸上，听着张敏敏的《我的中国心》《陇上行》《爸爸的草鞋》，当歌声飘散在绿草地上时，吸引了很多藏族小孩和他们的牛羊旁听。也许他们听不懂歌词，但是飘扬在草原上的歌声，优美的旋律一定也流淌过他们的心里，留在他们的记忆里。

曾经在小河边的树林里，年轻的我们将不成调的吉他伴着歌声在夜空中放飞，不曾计较那歌声音调是否完美，而在意年轻的心快乐无比，青春洋溢，热血沸腾。放飞的歌声伴着朦胧的月色，陪着那满天星光，带着梦想随风飘过寂静的夜空，飘向远方。

在今天电脑网络的高科技时代，来自世界的无数信息吸引着人们的注意力，人与人的距离因此而变得遥远，人们的热情已被网络的关注度消磨殆尽。不必说我们听到的歌曲有多少，但心已不再轻易地被歌声感动，流行乐的热度总保持不过一季，有感染力、亲和力的歌曲显得格外珍贵。可以肯定的是，有激情有温度的歌总会触动我们柔软的心，陪伴我们长大变老。好歌让人百听不厌，回味无穷；好歌让人思绪万千，代代传唱；好歌会源远流长，经久不衰；好歌将永远留存在人们的记忆深处。

★ 二〇二一年十月二十六日

香巴拉的呼唤

　　"跟我走啊，现在就出发，有一个地方，是快乐香巴拉。"在遥远的青藏高原，有一片神奇的土地，这里有湛蓝的天空，飘着洁白的云朵，一望无际的草原；这里神鹰飞过，格桑花盛开，牛羊成群；这里有洁白的帐房，奶茶飘香，美丽的背水姑娘，歌声嘹亮，有格萨尔王美丽的传说⋯⋯

　　"跟我走啊，有一个地方，是神奇香巴拉。"问哪个不知黄河第一湾的美丽？问哪个不向往清清的黄河水？这里的山连着天，草原连着水，水连着大海。从尕玛梁望去，阳光下的黄河呈 N 字形，如一条缎带镶嵌在绿色的草原上。架在黄河上的桥独具特色，坐在桥下的草原上看，走在桥上的人就像走在天路上，走向神仙居住的地方。

　　这里是一片流光溢彩的草原，是一块百河争流、千溪汇聚的宝地——玛曲，3800 米的海拔，让你感觉离天特别的近，云层特别的洁白，人们的心特别的宽阔，太阳特别的明亮。草原是那么的清新，似刚刚沐浴过的姑娘，盛开的花朵娇艳欲滴。这里清爽的风、清凉的黄河水，足以让你陶醉。这里是造物主特别的恩赐，造就这里特别的景，使得这里的山、这里的水、这里的草、这里的人，都平添了一份特殊的灵气。

　　这里是传说中格萨尔王的后花园，是格萨尔王找到马中之王——赤兔马的地方，有格萨尔王的脚印作证。这里有大片的野荷花静悄悄地盛开，有洁白的雪莲花点缀在山间，有成片金黄色的油菜花尽情绽放，有珍奇的黄鸭、仙鹤在悠闲地穿梭于水和草地之间。

这里的草原宽敞平坦，是一个天然的大舞台，每年甘、青、川三省的赛马会就在这里举办。选一块大草坪就是一个绝美的赛马场。马队举着彩旗穿过，和平鸽、彩色的气球从孩子们的手里飞出，任多少潇洒的骑手飞马奔驰在无垠的草原上，任多少观众畅游其间，任远方的客人感受那只有藏民族才有的豪放和热情。夜幕降临，烟火齐鸣，色彩斑斓，无边的草地上篝火燃烧，歌声飞扬。无数的人们围在篝火旁载歌载舞，尽情放飞沉寂已久的心，忘却烦恼，融化在快乐的世界里。此时的这里才是真正的欢乐谷，欢腾的草原，快乐香巴拉。

来到这里你会为一种生活、一种信仰所感动，会为藏民族的豪放、勤劳、善良、质朴所感动。这里天人合一，风景如诗如画。当黎明的曙光拥抱着美丽勤劳的藏民族，他们不分老幼，都虔诚地祈祷那一份美好，在用高原人一颗对生活充满真诚的心，祈祷世界和平、人民幸福。

边走边看，肥沃的草原，洒满珍珠般的羊群，黑亮的牦牛尽情享受着温暖的阳光，姿色各异的花伴你前行，清风吹拂你的黑发，吹散了你心中的千千结，使你蒙尘已久的心变得亮丽清新。边走边唱，呼吸着伴有野花香味的空气，放声唱一首草原上的藏歌，让自己的心开阔了，从此生活阳光灿烂，世界无比美好。边看边想，潇洒走一回，如一个顽童在绿毯似的草地上打滚。随处坐下，看天空湛蓝湛蓝的，朵朵云彩飘忽不定，思来想去，才知道我们的生活是多么美好。边吃边喝，就着夕阳喝一碗新鲜的奶茶，吃一块鲜美的羊肉，明白了该羡慕羊儿、牛儿在夕阳下的那一份悠闲自得，知足常乐。

走一路美景不胜收，走一路思绪千万缕，心永远收不下万紫千红的花絮。是不是先将这里的草原、这里的山、这里的水尽收眼底，把这里千回百转的思绪，带回家去慢慢梳理……

★ 载于二〇一〇年七月《甘肃信合》

魅力郎木寺

总有一种无法放下释解的牵挂在其中，总有割舍不断的情思在其中，魂牵梦萦让你无法释怀。让我一次爱个够，其实这爱一生都不够。

远远地来，远远地望，夹杂在绿草山峦之间的一扇挺拔的石山酷似阿尔卑斯山。走近了，近处看，有不大的一个小镇，处处风景独特。古朴的小镇，不宽的小街，开着各色的餐厅，外观时尚装潢别致，几间咖啡屋散布在其中。质朴的丽莎咖啡屋名扬天下，咖啡屋里居然有用各个国家钱币装饰的世界地图，告诉你这里的客人来自五湖四海、世界各地。丽莎用她的微笑、真诚温暖过很多的人，她的热情感动过无数个陌生人，她用手工制作的苹果派、香蕉派、桃子派和一杯暖暖的咖啡，招待过无数外国朋友。

郎木寺因一个美丽的传说而得名，相传莲花生大师来此降妖，驯服猛虎变成仙女，藏语的虎穴仙女，在汉语中叫郎木寺。虎穴依旧，仙女依然端庄秀丽，身上搭满各色哈达，似在梳妆。祈求快乐平安的人们虔诚膜拜，仙女会为生病的人带来健康和幸福。如果你留意夜空，那位虎穴仙女一定在星空的某个地方，为你祈福健康长寿。

郎木寺镇因郎木寺而得名，镇子坐落在四川省和甘肃省的交界处，镇的一半属四川，另一半属甘肃，知道的人会告诉你，这里是甘肃，那里是四川，当然游人始终看不出有什么不同。有一条清凉的小溪穿过整个镇子，小溪环绕在居民住的院落之间，流水清澈见底，从脚下流过，告诉你纯净是什么。

郎木寺镇是藏传佛教圣地之一。小镇北边的山有甘肃境内的达仓郎木赛赤寺，与之相对的南边山上坐落的是四川的达仓郎木格尔底寺。早晨的太阳给整个小镇涂抹一层胭脂，北边赛赤寺的那座山上，松柏挺拔郁郁苍苍，将赛赤寺隐藏在其间，大殿顶部在阳光照射下金光闪闪，与雕梁绚丽的七彩绘画相互映衬，美丽无比。对面的山云雾缭绕，山上有大片的森林，茂密的葱绿中坐落着四川的格尔底寺。一南一北两寺中间是白龙江源头流出的小溪，拐来拐去穿过整个郎木寺镇。两寺距离不近也不远，刚好说悄悄话，似遥相呼应各自诉说着故事，在夕阳里，在烟雨中，在白雪皑皑中始终闪烁着那份少有的神秘的灵性。山的东侧有整齐的红色石山岩壁高峙，无论从什么角度看都特别的美，总让人想到蒙娜丽莎那永恒的微笑。

曾在赛赤寺松柏树下，看到一群穿红衣的小和尚嘴里念叨着，相互抛着石子，我们的向导说他们在考试，奇怪奇怪真是奇怪，难怪他们能将枯燥的经文背得滚瓜烂熟，一种学习与游戏结合的教学让学习者感到快乐有趣，这是最有效的一种教育方法，孩子们在游戏之中学习就不那么枯燥无味了。

走在山中的乡间小道上，看这里的房子真是奇怪，踏板房是用木片当瓦片，木制的瓦片居然用鸡蛋大的石子压在上面固定，却不怕风吹日晒，虽然木片颜色有点像被漂白过，但这古朴的建筑与山、与水、与寺、与人是多么完美和谐。谁少了谁都不行，多了就俗气，少了缺少灵气，天生丽质，天成的超凡脱俗。

匆匆而去，匆匆一别，终于明白许多追梦的心，许多奔波寻梦的人。郎木寺——世界公认的东方小瑞士，虽然她深藏在中国的小小角落，但总有许许多多外国游人背着重重的行囊，带着那份来自远方的牵挂，不远万里追寻着她，只为目睹她的芳容，只为感受她那在苍茫山谷中脱俗的气息，追寻一个千年的梦想，那份执着，那份热情，足以令我们骄傲。

是这里的清净，这里的纯真，这里的古朴，这里的坦然，这里的和谐，让异国他乡的人千里寻觅，让他们带着一份执着、一份热情，来亲身感受这里的山，这里的水，这里的祥和，这里的风景如画，让牵挂已久的心深深感动……

今天已经是"中国二十魅力名镇"的郎木寺，请揭开你美丽的面纱，尽情展示你东方小瑞士的魅力，尽情展现你七彩的高原异域风情。

★ 载于二〇一一年第七期《甘南发展》

多彩香巴拉

"跟我走啊，现在就出发，在遥远的地方，有一片神奇的土地，神秘的香巴拉，在呼唤着你的到来。"这里的历史，这里的古朴，这里的神秘，这里的传说，始终吸引着游人的目光，不远万里，只为寻求那一份深藏心底多年的梦。

"跟我走啊，有一个地方，是神奇香巴拉。"夏河拉卜楞寺庙层层叠叠，僧侣们穿梭在各寺庙中，为善良的人们祈祷幸福安康。当黎明的曙光拥抱着美丽的大夏河，勤劳的藏民族，他们在寺院的转经长廊，转着经筒，虔诚祈福。

甘甲草原上有一个八角城，隐藏在肥沃的草原深处，虽然历经千年，依然完好地展现出古城的原貌，传说是为北宋杨门女将的八姑娘修建的。宽阔无际的桑科草原远近闻名，阳光明媚的夏天，绿色的草原上，散发着泥土的味道，星罗棋布着白色帐篷，与湛蓝色的天空中飘着的白云遥遥相望，炊烟升起，帐篷里弥漫着奶茶的香气。草原上有牛羊在悠闲地享受生活，天空中有鸟儿在飞翔，空气里满是草和花的气息，这里远离所有的凡尘俗世，只有大自然旖旎的风景，让人陶醉在其中。

临潭冶力关有茂密的原始森林，山水交融，是一个"采菊东篱下，悠然见南山"的世外桃源，有天下奇迹——将军睡千年；在月光下，他睡得那样安详恬静，让人想到在战场上奋力拼杀的将军，真的好累好累，需要好好休息。在这里你能看到莲花山，山似莲花台，就是不知道什么时候莲花仙子会悄悄来，难怪莲花山有华山之险峻，有娥眉之秀美，也难怪许多人到莲花的顶峰，才感觉到自己的渺小、世界的博大。这里的森林公园有九寨之奇、青城之幽、香山之艳，古树参天，山间溪水潺潺，伴着习习清风，百鸟合鸣，给人以"疑在仙境，又似画中行"之感，该叹息造物主留下如此美丽多姿的神奇仙境。

迭部腊子口有红军突围"天险"的纪念碑，记载了中国革命的历程，记录了共产党的光辉历史。江迭公路上，一路秋色，一路奇山，一路怪石，一路小溪伴你旅行，让你随时忘却人世间的烦恼，随时洗去旅途中的尘土，一路景色美不胜收，一路目不暇接，一路思绪千万。让原想去九寨沟的你，先留下来，将迭部的山、迭部的水、迭部的四季尽收眼底。看哪边的风景更好，看哪边的秋色更解你的心意。

★ 载于二〇一一年十一月《甘肃信合》

香巴拉的祝福

2003 年 8 月的甘南，风景如画，阳光明媚。合作市湛蓝的天空白云飘飘，当周草原焕然一新，黄灿灿的格桑花争相开放，点缀在茂密的草原上格外艳丽……她正展开温暖的怀抱，迎接着来自四面八方的宾客。

当周草原是一个天然的大舞台，左右两座线条平缓的绿色草山，彩色的经幡随风轻轻地飘动，这里是能容纳几万观众的看台。两座山的中间是平坦开阔的草地，专门修建了极具藏民族特色的两层楼的主席台，主席台前飘动着 10 多个红色、黄色、绿色的氢气球，这里是迎接甘南藏族自治州成立 50 周年大庆的香巴拉艺术节主会场。

早起的人们穿着节日的盛装，带着浪山的行装，扶老携幼陆续向当周草原进发，他们说笑着在草地上穿行，浑然不觉露珠打湿了皮靴。从停车场进入当周草原的大门，眼前大片的白色帐篷城是休闲、娱乐、小吃和其他服务区域。往南山的深处走去，到主会场两侧山上，人们随意挑一块草地，撑起自己的花花伞，铺上垫子，摆开自带的零食，很惬意地观看节目表演。若带了望远镜，就能看到主席台的嘉宾及演员表演时的表情。

有带孩子的观众，搭起一顶小帐篷，让孩子们尽情玩耍游戏。人们享受着旖旎的自然风光，脸颊流露出喜悦、激动、自豪的神情，吃着、说着、笑着、看着，感受着 50 年州庆的隆重和热闹，见证着几辈人辛勤努力后的草原新城新貌。

10 点钟，当主席台上宣布"甘南州 50 周年大庆暨第四届中国·甘南香巴拉旅游节开幕"，50 发礼炮鸣响了整个山谷，紧接着几百只和平鸽飞向湛蓝的天空，随后主席台前方的草坪上，几百名孩子手里的彩色气球同时放飞，徐徐升向天空，红的、黄的、粉的、蓝的、紫的渐渐越飞越高。此刻从主席台左、右两侧的山顶上过来两队举着50面国旗的马队，率领着举彩旗的2003匹马队，穿过主席台，正式拉开甘南州50周年歌舞表演的序幕。

悦耳的主持词述说着甘南州50年翻天覆地的变化，欢乐的歌声如潮水般回荡在山间。一轮接一轮的服饰表演让观众眼花缭乱，色彩绚丽的藏族服饰，白狐皮的帽子，粉色的衬衣，蓝色的藏袍，搭配精美的饰品，红色的玛瑙、银色的奶钩，盛装的模特随着音乐的节拍在草地上摆出最美的造型，让摄影爱好者们忙得不亦乐乎。100位舟曲采花姑娘穿着艳丽的服装，围成半圈唱着采花歌，伴着有节奏的舞步，在绿草地上轻轻摇曳。临潭的女子撑起小小的油纸伞，穿着旗袍温婉妩媚的表演，展露出江南女子的风情万种。玛曲的弹唱艺人，抱着他心爱的龙头琴，唱着最古老的藏族民歌，悠扬婉转的歌声随着琴声飘扬在草原上。

最后的"千人锅庄舞"把歌舞表演推向高潮。当音乐响起，场上10队100人组成的千人舞蹈队，踩着音乐节拍出场，变成10个大圆圈，一圈一种服装颜色，红的、粉的、蓝的、紫的、嫩绿的、黄的……让草原色彩斑斓。从山的远处看更是壮观，10个彩色的圆圈在绿草地上转动，变幻，旋转，变大，变小，千人的白色长袖飞舞着，轻快的舞步激情四射，让整个草原欢腾。舞者沉醉其中，观者激动不已。

当锅庄舞表演结束后，人们久久不愿离去，只当是出来郊游，自得其乐，与家人、朋友评说庆典的服饰和歌手的名气，互相品尝带来的小吃和水果。有人去帐篷城吃饭休闲，等着看下午的赛马；也有人打包好行装带着家人走向山的深处，去看远处的森林，去爬更高的山，去采摘山里的蘑菇。

夜幕降临，星星闪烁的夜空下，烟火晚会开始了。山的一边烟火齐鸣，点亮了黑暗的夜空，一朵朵红色的牡丹花绽放，红色的流光坠落；一朵朵金色的菊花盛开，片片散落到山谷里；此起彼伏的烟花争奇斗艳，流光溢彩，在空中闪烁飞舞。真是一幅火树银花不夜天的欢乐景象，人们情不自禁地赞叹。似乎触手可及，又似流星般飞逝在山谷中。

等那一树紫藤花开

夜幕下的篝火晚会，让所有人都兴奋不已，当篝火点燃，无论来自千里之外，还是土生土长的人们，迎来最欢乐的时刻，他们不分彼此，拉着陌生的手，随着音乐的节奏，围着篝火跳起欢快的锅庄舞。人不断地增加，圈越来越多，人越来越多，一圈两圈三圈，火光映照着人们的笑脸，忘却山里吹过的习习冷风，只让身心融化在久违的大自然光影和喜悦之中，共同享受草原上最欢乐的时光……

★ 二〇二二年八月二十八日

故乡的云

　　我的故乡在离天空最近的地方，那里的白云如盛开的雪莲花，白雪般圣洁中透着光亮，将天空装点得光彩照人。故乡的云总是悠然自得地徜徉在湛蓝的天空，她们潇潇洒洒地飘过山岗，飘过绿草地，飘过金色的油菜花，飘过鲜花盛开的当周草原。

　　年少时的我喜欢清晨踏着草尖上的露水去看云。暑假早起晴空万里，邀几个伙伴走过绿色的草地，顺着小路走向当周草原的深处。一路看阳光下的花草，个个都是水灵灵的，一路等待白云飘来。走过很长的草地到山林时，看白云从山的一边飘过来，一朵开得很大很大的雪莲花，接着，两朵三朵，缓缓地在山顶上飘着，把山峰装饰得挺拔俊秀。一缕微风轻轻吹过，又飘过很多云朵，她们摆出千姿百态的造型，开启了最美的天空之旅。

　　当周草原的最深处，三面环山，森林密布，处处是高耸挺直的松树。云朵如开在高耸挺拔的松尖上的花朵，显得特别自信。太阳光穿过聚集的云朵光芒四射，白雪般晶莹剔透，这美不胜收的景色，让人如痴如醉。从此云朵留在我的心里，也永远留在我的梦里。

　　寻一处开满格桑花的草地，坐看云舒云卷云飞扬，享受人间最美的时光。看天空上的云绰约多姿，观云之间的率真，无忧无虑的玩笑，时而云朵手拉着手游戏，时而排成列队，时而晃晃悠悠，时而近了远了，时而来了去了，追逐嬉戏，时而变换成一层层的波浪，前呼后拥，让空阔的蓝天显得特别热闹。看着白云我浮想联翩，想白云生处一定是神仙居住的地方，若有人一定是最幸福的人，在飘飘然的云中，多么逍遥自在……

故乡的云，有时似小姑娘温柔可爱，天真烂漫，有时又似顽皮的男孩搞一些恶作剧。白云与清风总是纠缠不清，让寂静的天空变幻莫测，美妙无比。还记得那时的儿歌：甘南的云丫头的脾气，说变就变。刚刚云朵还在好好地游戏，一阵阵恼人的狂风吹过，就开始变脸，白云变作大片的青云笼罩半边蓝天，天空便下起了雨。噼里啪啦一阵急雨，让正在草原游玩的我们措手不及，慌忙收拾东西，躲进帐篷里听滴答的雨声。从帐篷的一角我们看近处的花朵仰着头洗脸，看不远的草地静静洗澡，看远处的森林安然沐浴。雨不知下了多久，天又晴了，天空出现一道绚丽的彩虹，如在天地间架起一座赤橙黄绿青蓝紫的天桥，在阳光下闪烁着七彩的亮光，灿烂夺目。

若是想看夕阳里的云，一定要站在高高的山顶，看日落西山，拍一张霞光里云彩最美的一抹红。日落的晚霞中，云依依惜别蓝色的天空，让自己变成一缕一缕的线，织成一层一层轻薄的纱布，在夕阳映照下，带着新娘般羞涩的红晕，消失在夜幕之下，深情地躲进西山的怀抱中。

故乡的云很美，让我魂牵梦萦了很多年。离开故乡，我到黄河之滨也很美的兰州生活。闲暇时依旧喜欢看天空飘着的白云，在晨光中去了黄河边，也去了高高的兰山顶，只是无论如何也找不到我喜欢的云朵，找不到故乡飘过的云，找不到夕阳里白云的羞涩。我开始相信，天上的云彩是一方水土的表情与心情，而故乡的云朵只飘在专属她的天空。离开故乡越久，我越加想念故乡的白云。如果我用乡愁写诗，诗里一定有云朵的样子。

我的故乡，在离天空最近的地方，那里有湛蓝色的天空，有美了草原整个夏天的云朵，搭配了青山、绿水和金黄色的油菜花，牛儿在河边悠然地吃着青草，羊群排了队走过山岗，那里是我的故乡——雪域高原甘南。

★ 载于二〇二二年八月十五日《神州文艺》原创平台

二〇二二年十月二十九日《湛江日报》

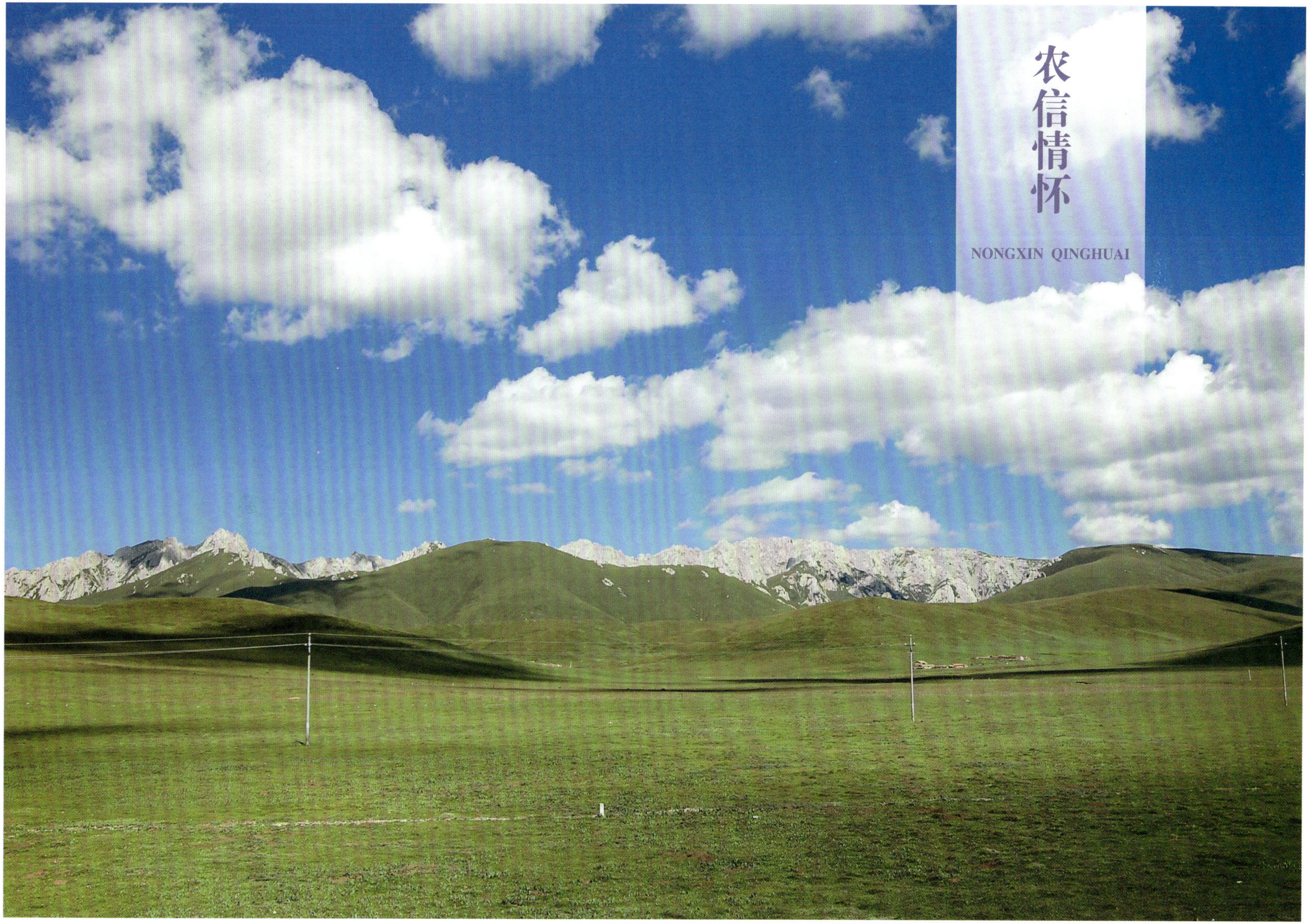

农信情怀

NONGXIN QINGHUAI

· 和谐家园 ·

· 盼 ·

· 春 耕 ·

· 耕 ·

· 为谁辛苦为谁甜 ·

· 牧 归 ·

· 归 ·

·秋 收·

·晚 归·

·守 望·

· 夕阳西下 ·

· 劳动之美 ·

· 秋日丰收 ·

·牧民新村·

· 跃马扬鞭 ·

与时俱进，我为央行添光彩

众所周知，没有规矩不成方圆。维护正常的金融秩序，建设安全有序的金融市场，正是央行的神圣职责。

有人说央行是婆婆。当这个婆婆可真不容易，事无巨细，凡事都要操心：落实货币政策、搞好金融服务、保持资金流通、保证金融安全、抓好金融监管、防范金融风险、确保一方金融安全、协调地方关系、支持地方经济、开拓创新市场、提高企业效益、增加农民收入、带领人民早日奔小康……这些都需要所有的央行员工，齐心协力，共同奋斗，用点点滴滴的心血来完成。正因为有了无数个不辞辛苦的央行员工在默默奉献，千辛万苦抓管理，千难万险化风险，千山万水搞调研，千方百计解困难，千姿百态展风采，才使金融运行井然有序，才使央行这个大家庭家和万事兴。

我只是央行的一员，我带着美丽的梦想，如一棵朴实无华的小草，扎根在雪域高原上。春天迎着料峭的春寒，穿行在去基层的路上，检查一线的工作。夏天顶着高原的烈日，奔波在茫茫草原，调查央行的金融政策是否落实。秋天望着累累的果实，回顾以往的不足，规划未来的蓝图。冬天冒着鹅毛大雪，揣着一颗警戒的心去巡视各金融机构的安全，在年终岁末的日子，总结整理一年的工作成果。

我只是央行最为平凡的一员。甘南草原自然条件恶劣，气候变化无常；这里没有大城市的灯红酒绿，似锦年华；这里没有真正的春暖花香，五月的天雪花飘飘；这里的强紫外线晒黑了我的笑脸，这里长期的高寒缺氧使我青春早逝……但缺氧不缺精神的心热血沸腾，恪尽职守，诚心诚意，靠一台计算机计算着千家万户的收益，为淳朴而勤劳的藏族同胞做实事。

我只是央行最为平凡的一员。平凡的世界，平凡的我们总是默默无闻，用心、用爱、用满腔的热血，日复一日，年复一年，做着平凡的事。正因为有了无数个和我一样的人们，做着和我一样的事，兢兢业业，无怨无悔，才使得央行这棵大树枝繁叶茂，生机勃勃。在央行工作中，我有过成功，也遇到过困难，有过欢乐，也有过忧愁，但是对央行事业的热情始终不曾改变。干一行、爱一行、钻一行，不求名利，不求富贵，只求在金融改革的大潮中挥洒自己的汗水，无私奉献自己的青春年华。

我只是央行奋进的一员。世界瞬息万变，当十五年的入世谈判画上一个句号，世贸组织的大门已经打开，金融业要与国际接轨，我们要与世界争天地，我们靠什么，我们又凭什么？历史的警示告诉我们，物竞天择，适者生存，顺潮而动，与时俱进，才能永立潮头。面对新的挑战，面对新的困难，为了适应央行业务改革的需求，我们选择以变应变，开拓创新，勤奋学习，树立信心，勇于拼搏，努力使自己早日成为央行有用的人才。

我只是央行奉献的一员。参天的大树需要无数枝叶簇拥，奔腾的河流需要无数的溪流汇集，央行的大厦需要千万个平凡的职工共同支撑。因为有了许许多多普通的职工，一路跋涉，走过多少冬夏春秋，与风雨同行，与日月为伴，扎扎实实地工作，认认真真地做事，才使得我们的金融事业蒸蒸日上。在这里有你、有我、有他，有我们无数的工作日，有无数个不眠之夜，让那些单调的报表数字，在计算机屏幕上，演示鲜活的生命。渗透在其间的心酸无人知，泪水只在心里流。为了事业，辜负了母亲期盼已久的目光，冷落了丈夫和孩子，事业永远至高无上。落红不是无情物，化作春泥更护花。

回首来时路，辉煌无数，艰辛无数。跨越新世纪，灿烂无数，困难无数。饱含艰难挫折，饱含雪雨风霜，踏上金融改革的征程。

我相信雄鹰应翱翔在万里长空，我相信黄牛应耕耘在绿色田野，我相信骏马应奔驰在辽阔的草原，我相信公仆应服务于人民，我相信华夏儿女应报效祖国母亲，我相信央行员工应为央行增光添彩。坚信在未来的岁月里，在这个美妙多彩的世界中，每一个央行人，会把梦想变成人生的辉煌，为自己向往和热爱的金融事业，一如既往，与时俱进，为央行这棵参天大树增添光彩，让央行的行徽更加闪亮。

★ 参加人民银行甘南州中心支行举办"与时俱进，我为央行添光彩"演讲大赛演讲稿

二〇〇二年一月十六日

勇立潮头的信合人

五十年风雨历程，信合人始终坚定地走在支农的道路上。虽然信合人同样因中国的变革几经波折，但是信合人的心始终与农民、黑土地血脉相连。几代信合人不懈努力，使农村信合事业这棵扎根在泥土中的幼苗长成了参天大树，为发展农业、改变农村、帮助农民发挥了主力军作用。

信合人将所有辛勤付出，化作累累硕果。为脚下的这片厚土处处有金色的麦穗在希望的田野上飞舞，信合人付出了滴滴汗水；为人们身边的片片果树林开花结果，信合人曾有多少个不眠之夜；为农民的希望变成现实，将农民累累硕果变成一沓沓崭新的人民币，信合人托亲靠友奔波不停。在希望与努力、期待与支持中有多少信合人别家舍小——为农业的发展、农村的美丽、农民的富裕在辛勤奔波；曾有多少信合人年迈的父母在期盼与相思中为儿女担忧——而他们为农民的欢乐、幸福、安康在日夜忙碌……

信合人用心点亮一盏灯，用热情温暖着渴望幸福生活的人们。信合人春天为农民的春耕生产积极准备，到夏天为有一个丰收的日子奔忙在田间地头，秋天里为农民有一个好的收入献计献策。当冬天的大雪将农民留在热炕头上吃着热火锅的时候，信合人依旧在忙着准备来年的春耕资金计划，为来年又一个收获的日子，仔仔细细地盘算着。昨天前辈用双脚跋山涉水，走村串乡为千千万万的农民服务。今天信合人用发展的目光、用真诚贴心的服务，连接着土地上劳作的亿万农民，肩上挑着农民的梦想，心里揣着党中央的希望。

中国正在悄悄揭开她古老文明神秘的面纱，向世界重新证明她的辉煌。中国加入WTO，中国金融业向世界伸出双臂迎接挑战。当今天信合人迎来农村信用社改革的大好时机，曾经默默奉献了五十年的信合人终于从幕后走到台前，在一个崭新的金融舞台上奋力敲响前进的锣鼓，中国农村金融从此可以理直气壮地与各家金融机构公平竞争，可以树立自己的品牌、壮大自己的实力、展示自己的风采。在日渐开放、竞争激烈的金融市场，面对挑战和机遇，信合人以抖擞的精神，迈着矫健的步伐，坚定地走在田间的小路上，走服务"三农"的道路。黄河两岸，大江南北，长城内外，塞北江南，祖国的每一寸土地上，处处有信合人奋进的足迹，信合人——勇立潮头。

★ 载于二〇〇五年八月二日《甘南报》

风景这边独好

我看农信社改革如羞答答的玫瑰静悄悄地开，已是春色满园，香满世界。农信社改革的匆匆脚步让亿万农民感觉到中国跳动的脉搏。农信社改革如一缕春风吹过美丽的草原，从此草原上处处生机盎然，朝气蓬勃。

沧桑半世纪，风雨五十年。农信社终于迎来一个改革的春天，崛起的农信社，激情涌动，在希望的田野上，奏响一曲和谐的"支农"旋律。草原上的农信社坚定地贯彻国家富民政策，用一个个创新的信贷"金点子"服务，使黄河第一湾格萨尔王传说的地方，变得更加美丽，更加令人神往。

农信社改革的大船已经启航，农信社的改革使信合人在茫茫大海找到了航向，从此中国农业、农村、农民有了属于自己的银行。从农户小额信用贷款、联保贷款到信用村镇建设、支持"双培双带"工程建设；从扎根农村开展"走百家、进千户、暖万人"活动，到支持地方"天保""草山围栏"工程；从科技下乡到扶持养殖业……其中无不渗透着农信人的汗水和泪水。改革中的农信社对中国农业的发展、中国金融业的发展作用与日俱增。

经过千锤百炼，经过风霜雨雪，农信社经过改革的大浪淘沙，旧貌换新颜。完善了法人治理结构，强化了约束机制，构建了新的管理框架，明晰产权，转变经营机制，坚定支持"三农"的道路，为提高经济效益、农民早日富裕实现"双赢"。在苦练内功，在改善服务，以高度的责任感和使命感发挥农村主力军作用。中国金融业向世界伸出双臂迎接挑战。

曾经沉默了许久的农信社迎来了改革的大好时机，为发展农业、改变农村、帮助农民发挥积极作用。改革后的农信社从此可以昂首阔步，紧跟日渐开放的金融业发展步伐，与各家金融机构公平竞争，树立自己的品牌、壮大自己的实力、展示自己的风采。

几经曲折，一路跋涉，农信社正在努力崛起，为迎接挑战，抓住机遇，不懈努力，奋力拼搏。农信社从金融改革的大潮中款款走来，终于掀起了遮挡已久的红盖头，将一个鲜活的"支农"大家庭展示给中国，"双手捧出农业的希望"，只为亿万农民的幸福生活。

农信社改革的春风让草原万紫千红，让农牧民高亢嘹亮的歌声飘扬，让热爱幸福生活的人们更加向往，如果想看流光溢彩的草原，探寻古朴的藏传文化；如果向往香巴拉净土，想感受"天人合一"的和谐；如果想了解能歌善舞的背水姑娘，感受草原新城农信社的今天，请跟我来，风景这边独好。

★ 二〇〇五年八月八日

爱的奉献

每当听到"因为爱着你的爱，因为苦过你的苦，所以快乐着你的快乐，幸福着你的幸福……"这首歌，就不由得为自己是一名甘肃信合人而自豪，从选择了信合事业的这一天起，就已经选择了奉献，将爱和一腔热血奉献给这片热土。从农村信用社成立的那一刻起，信合人就注定与农村的经济建设、农业的发展、农民的幸福生活息息相关。信合人始终把支持"三农"放在首位，五十年里始终坚定地挑起支农、为农的千斤重担，认真落实党的富民政策，承担着国家农村经济发展的重任。

几度春秋，几度沧桑，几度风雨历程，几辈信合人以心贴心的服务、手握手的承诺，为了所有想富裕的农民有一个幸福美好的生活呕心沥血，找信息、找路子、出点子、出资金。为圆一个富民的梦，信合人从昨天到今天，在陇原大地上，过千山万水，走百万村、进千万家、暖亿万人。在风中、雨中、阳光下、彩虹间，用真诚和爱温暖着无数曾经失落的心。

一路上与你们——信合人苦一点也愿意；一路上与你们——信合人痛一点也愿意；一路上与你们——信合人累一点也愿意。从农信社成立的那一天起，信合人已经将颗颗红心奉献于每一寸土地、每一个农民。是爱总会有回报，是情总会温暖世界的每一个角落。信合人是无名的小草，散落在田间地头，点缀着万紫千红的陇原大地，默默地守护着农民的每一个彩色梦想……

今天，甘肃信合人面对各大商业银行业务下沉，面对激烈的金融市场竞争，在改革中寻求发展的新机遇，积极探索支农的新亮点，为美丽乡村建设一如既往地努力着，奉献着。

★ 载于二〇〇五年八月十五日《甘南报》

草原上升起金色的太阳

金黄色的油菜花映照在蓝天白云间，在无边无际的肥沃草原上，成群的羊儿肥了、牛儿壮了，富裕的牧民们从帐篷搬到设施齐全有太阳能的新居。崭新的摩托车上载着一家人在宽宽的马路上飞驰而过，手机将牧民的心拉近。夜色里豪放的牧民们在绿草地上悠闲地喝着奶茶，点燃一堆堆篝火载歌载舞。让歌声在湛蓝的空中飞扬，在草原上空回荡，大姑娘、小伙子跳着欢快的锅庄舞尽情演绎牧民今天的美好生活。

回首往事，片片思绪在其中。雪灾、雹灾、虫灾使农牧民生活遇到困难，牧民首先想到的就是农信社。信合人凭着一份真诚，发放农户小额信用贷款帮助牧民早日摆脱困境。大山在呼唤，草地在倾听，小溪在歌唱，小鸟在私语，是农村信用社手握手的承诺、心贴心的服务，为牧民撑起一片绿荫，送来一片温暖，点亮一份希望。

农村信用社迎着改革的春风，扎根泥土，在希望的田野上谱写着和谐的乐章，在崭新的舞台上敲起了奋进的锣鼓……

★ 载于二〇〇五年九月总第 198 期《中国农村信用合作》杂志

有家的感觉真好

"我想要有个家，一个不需要华丽的地方，在我疲倦的时候，我会想到它。我想要有个家，一个不需要多大的地方，在我受惊吓的时候，我才不会害怕……"每当听到这首老歌，总会情不自禁想到农村信用社，想到信合人。

曾经的信用社总在农村最不显眼的地方，像刚进城的农村姑娘抬不起头、直不起腰；曾经的信合人总不知道将心里话向谁诉说，在人们不屑的目光下解释信用社到底是什么样的工作；曾经的农民在困难时找信用社贷款，挣到钱就赶紧存农行，害怕不起眼的信用社取不出钱；曾经的人们始终不明白老土的信用社是"公家的"还是"私人的"，为什么办公的营业室很旧，像农村的大队部……

遭遇冷落的信合人悄悄落泪，遭遇尴尬的信合人默默承受那份悲伤。信合人的心里都有一个小小的梦，多年前许了一个心愿，期待、盼望，希望能有一个在风雨之中可以依靠的家，希望过上一个受伤后可以回家的好日子。

五十载斗转星移的农村信用社，几经挫折，几经坎坷，在风雨历程中始终没有属于自己的那一片天空，农村信用社这棵小树生长在金融行业的夹缝里，依然坚强地成长为枝繁叶茂的参天大树。

当信合人看到农村信用社的改革，终于盼来了一个有家的日子，在这样一个特殊的秋天，看到各地的省联社挂牌，甘肃信合人也渴望"有一个自己的家"。终于等到甘肃农信挂牌了，从此信合人挺起了脊梁，可以豪情万丈，步入农村金融改革的征程。

有家的日子真好，农民收获了果实，信合人收获了喜悦，在这样一个日子里农民为幸福生活忙碌，信合人为迎接新的挑战而激情澎湃。家为信合人心中点亮了一盏灯、为信合人鼓足了勇气、为信合人撑起了一片蓝天、为信合人搭起了一个舞台……

今天农村信用社用发展的目光、用计算机、用互联网、用心在连接黄土地、黑土地上劳作的亿万农民，肩上挑着农民的希望，怀里揣着的是党中央的希望，在金融舞台上开创属于信合人的辉煌。

★ 二〇〇六年十一月十二日

那一扇窗

　　那一扇窗始终是一幅美丽的画，有一双关切的眼；那一扇窗始终有一个醉人的笑脸，有亲切的问候；那一扇窗始终传递着温暖，打动了许多无助的心；那一扇窗是浓缩着的一个世界，或许就有你……

　　从来没有那样一扇窗让人青春涌动，让付出汗水的人无怨无悔，流泪了还让人流连忘返；从来没有那样一扇窗成就梦想，留下永久美好的记忆，成为你人生最亮丽的一幕。

　　曾经的那一扇窗很沧桑，没有玻璃隔挡的二尺柜台里，一个保险柜，一个简陋的办公桌，一把算盘，几本账就定格了一个人的生活。春夏秋冬，岁岁年年，日复一日，迎来送往，改变了多少人的生活轨迹，承载了多少人的富裕梦想，而那一扇窗内的人却默默坚守着一份孤独，如小草用一寸绿装点别人的春天，在经历岁月沧桑后，改变年轻的容颜……

　　那一扇窗也许就在一个静静的小村镇。在无人问津的小村镇能否坚守？做远比说要难几十倍，在一群视你为贴心人的农户中，你是否会将寂寞的眼泪咽到肚里，陪伴他们的苦痛与欢乐？帮了这家又帮那家，几经风霜雪雨，黑发渐渐变白发，脸颊上的皱纹记忆了几十年的风雨历程。

　　那一扇窗变了，有了玻璃隔挡的柜台，多了现代化的味道，只是在电脑前，着一身藏蓝制服，白衬衣上一条浅蓝领带的英俊小伙或是七彩领结的靓丽女孩，他们一双手依然重复着单调机械的工作，存、取钱，转账汇票……

那一扇窗承载了许多窗外的故事，许多心与心相通的事。那一扇窗前曾经出现过许多种不同神情的人，让你学会将温暖传递，让你的人生多了许多收获，多了淡定也多了喜悦。也许许多年后曾经默默的你因那一扇窗，那一方小小的世界，会得到另一种自豪，不是金钱或富裕生活的回报，而是坚守后的那一扇窗会有人永远记得。

你曾经拥有的那一扇窗，今天也许会有一个毛头小伙或美丽女孩，继续延续你的生活，只是那窗口装饰得已经很富丽堂皇了，但寂寞依然有，忙碌和坚守依旧。窗外的人们依然在，只是已经很富有，他们因贫穷走了，又因富裕回来了，他们被世界改变继而又回来想努力改变曾经的家乡，他们知道世界在变，他们明白为他们打开富裕之路的那一扇窗依旧温暖着他们的心。那一扇窗历经变迁证明了付出总有回报。

那一扇窗内的人也许就是你，也许就在你们中间，曾经的风华正茂，曾经的万丈豪情，曾经的青春靓丽，曾经的五彩缤纷的梦想，已经化作春泥，用心贴心的服务装点那一扇窗，用无数次的重复和无数次的一丝不苟传递爱。将梦化作了一缕致富的春风，只为好好地服务于我们的农民朋友。兢兢业业无怨无悔奉献自己的青春年华，多年过去依旧没有改变那简单简洁、匆匆忙碌的生活。

那扇窗外有太多的精彩，太多的诱惑，太多的瞬息万变，太多的心灵纠结于决策后的坚守。当你选择了，担当了，也就无悔于那一种忙与心的寂寞，只能用坚定的心坚守沉静淡泊的生活，几十年如一日在平凡的岗位上辛勤工作，以一颗为信合燃烧自己奉献一切的心执着坚守，让淡定的心显现另一种简朴而不简单的生命价值。

那一扇窗内燃烧着青春的人们，不悔的青春已渐渐逝去，点亮了窗外人们的致富路，而自己只化作蝶装点了那一扇窗……

★ 载于二〇一三年七月《甘肃信合》

感　动

——致舟曲信合人

　　舟曲一场突如其来的灾难，使多少人在梦乡里悄悄离我们远去，多少美丽家园一夜夷为平地，原本如画的藏乡小江南变得满目疮痍。曾经的河水清清、山路弯弯、暖风细雨、翠鸟齐鸣，曾经挂满葡萄的层层叠叠的阁楼，一扇扇露出笑脸的棂窗，一声声亲切而温暖的问候，仿佛一夜入梦，已荡然无存。灾难无情，无情得让我们心痛，失去亲人，失去家园，失去山城原本的容颜。熟悉的小城，熟悉的典故，熟悉的传说，熟悉的人家，熟悉的笑脸，熟悉的歌声突然间消失，让我们泪满双眼，心颤不已……

　　想哭，却看到了你们的坚强；想哭，却被你们的行动鼓舞。灾难中，我看到了你们才是真英雄。爱社如家，你们的家被冲毁了，但你们没有到毁坏的自家看一眼，牵挂的却是信用社被水淹了，匆忙的身影奔向信用社，查看资金损失多少、账簿、传票、计算机是否还好。你们失去亲人，没有顾得上多看亲人一眼，没有顾得上擦去亲人身上的泥土，便匆匆投身到信用社的清理工作中，在淤泥、污水中搬运现金、凭证，准备及早地恢复营业。夏日的太阳、闷热的天气，你们每一个人默默埋头苦干，竭尽全力将堆积的淤泥一锹一锹铲除，用双手将石块一点一点装入口袋、背篓，清理搬运。将悲痛化为力量，让满怀伤心的泪水流过心田，谁也不说累，谁也没说脏，汗水夹杂着泪水流过你们的眼睛，渗透衣服，灾难不曾阻挡你们早日重建家园的坚定的心。

　　三十六小时的奋战，信用社的网点又开始营业了，从早上八点到晚上八点，你们的服务从未间断。饿了吃一碗方便面，渴了喝一口矿泉水，每时每刻想的是让柜台上的受灾群众少等一分钟。你们之中，尽管有许多人痛失亲人，但是在柜台前你们依然挂着笑容，亲切地问候每一位受灾的群众，一丝不苟地办理每一笔业务，仔细询问每一位办理挂失业务的受灾群众，尽最大的能力让所有受灾的群众得到最满意的服务。

　　在灾难面前，舟曲信合人是无名的小草，兑现承诺，贴心服务，无怨无悔，忘我奉献。用你们颗颗红心默默守护着受灾群众重建美丽家园的梦想。是爱总会有回报，是情总会温暖世界的一个角落。同样是灾难中的信合人，一路上与所有遭受灾难的人同行，你们在风中，在雨中，在灾难中勇立，带着对亲人的绵绵哀思，用心、用行动告慰所有的逝者，用爱、用真诚温暖着无数失落的心，用双手、用永不气馁的精神为受灾的群众撑起一片艳阳天。

　　　　　　　　　　　　　　　　　　　　　　★ 载于二〇一〇年八月《甘肃信合》

党旗下的辉煌

我们的党是伟大的党，我们的党是光荣的党，我们的党是正确的党，在建党九十周年的今天已经向全世界证明。当中国共产党鲜红的党旗在世界东方这块古老而神奇的土地上飘扬，当《东方红》高亢嘹亮的歌声在世界的东方回荡，当这个有几千年历史文明的古老国度，在经历了软弱无能的没落封建王朝统治和帝国主义瓜分欺凌之后，广大劳苦大众在中国共产党的领导下，勇敢地拿起武器，经过艰苦卓绝的奋斗，推翻军阀混战、列强肆虐的万恶的旧社会，拯救了处在苦难深渊的中华文明古国，成立了新中国，四万万同胞终于站起来了，从此挺直了脊梁。

当新中国以崭新的面孔屹立在世界的东方时，中华大地亿万民众为从此不再受压迫、受剥削，从此有了真正属于自己的独立而又自由的国家而欢呼。当中国人民真的站起来时，谁能够忘记中国共产党的功绩？为什么充满血腥和黑色恐怖的重庆渣滓洞中每一位革命志士坚贞不屈，愿为实现共产主义理想抛头颅、洒热血？为什么延安那块红色的革命根据地，会成为当时热血青年所向往的革命圣地？为什么红军翻越千山万水，爬雪山，过草地，经历无数生与死的考验，创下徒步走出二万五千里长征的奇迹？因为有振兴中华民族希望的圣火——中国共产党的党旗在召唤着所有爱国的民众，她以母亲般博大的胸怀，容纳无数有志之士凝聚在党旗下，燃烧自己的理想，实现国家富强的宏愿。她时刻激励着我们，不要忘记中国曾经受列强侵略、受奴役、受压迫、受剥削的苦难历史，不要忘记曾经有无数中华儿女为摆脱三座大山的压迫，为中国彻底独立，前仆后继进行无数次浴血奋战。

回望中国共产党的九十年历程，十四年的抗日战争是中国共产党用小米加步枪，把日本鬼子赶出了中国；四年的解放战争是中国共产党用从反动派手里夺回的枪，埋葬了蒋家王朝；抗美援朝战场上是中国共产党用国际共产主义精神，彻底摧毁了帝国主义颠覆中国的妄想。新中国成立初期，国际恶势力对中国经济的封锁，也无法阻挡中国经济的发展，石油是我们自力更生开采的，原子弹是我们自己制造的，而人造卫星上天的准确率更让世人刮目相看。21 世纪中国的经济飞速发展成就了一个个奇迹，实现了几代中国人的梦想，香港回归、澳门回归、奥运梦圆、世博梦圆。

党旗是茫茫黑夜中的启明星，是中国新世纪起航的航标，是亿万人民心中的太阳，她引导我们赢回了民族的尊严，收回了失散多年的土地；她指引我们每个人用高尚的品德要求自己。党旗犹如燃烧着的火炬，在祖国大地上为每一个人点亮生命的火花。中国的改革、中国的开放、中国的富强、中国的崛起和中国的腾飞，都因为有一个强大的支撑点——党旗的指引。也正因为有了党旗的指引才成就了不屈不挠、战无不胜、具有大无畏精神的党员队伍，使一个千疮百孔、一无所有、一穷二白的人口大国跨越艰难险阻，仅靠短短几十年的艰苦创业就发生了翻天覆地的历史性巨变，成为一个充满希望和生机的国家，一个繁荣昌盛欣欣向荣的国家，一个值得让世人赞叹的最有前途和美好未来的国家。中华民族的自信由此而夺目，中国的国家尊严由此显得更加神圣，华夏民族的气魄和胆识由此显得威武雄壮。

中国人今天的自豪，是因中国的强大而自豪。中国人受世界人民的礼遇，是中国人用自己的热情、自己的力量建设自己的美丽家园而取得的。中国人用智慧和才能展示了自己的风采，以负责任的担当自立于世界民族之林，为每一位中华儿女争得光彩。中国的色彩是最绚丽的赤红，正如飘扬的党旗，永远吸引着世人的目光。

★ 载于二〇一一年七月《甘肃信合》

信合人永远的牵挂

——纪念《甘肃信合》创刊两周年

金秋十月是伟大祖国的生日，也是你——《甘肃信合》两岁的生日。回首往事如梦，片片思绪在其中，呱呱坠地的你，在一天天长大，730个日日夜夜，25期都记载了甘肃15000多名信合人改革和奋进的脚印。点滴之间凝结了编辑无数的心血和全体信合人的辛劳。在这个农民收获果实，稻谷装满粮仓，片片落叶满地金黄的秋天，让我们共同祝福祖国安康，祝福《甘肃信合》茁壮成长！

盼望已久，等待已久，姗姗迟来的你，如羞答答的玫瑰静悄悄地开，尽情绽放你婀娜多姿的风采，芬芳万里，香满陇原大地，你是陇原信合人的心灵花园，连接了相距千里之外信合人的心，拉近了信合人的距离。在这里，信合人能感觉彼此的相依相偎；这里，记录了信合人将农民的梦想变成现实的风雨历程；这里，展现的是甘肃信合人奋进的步伐和心中的梦想。

你如一幅精美的画卷，真真实实记录了信合人奋进的脚步，将陇原大地农民的希望和信合人的梦尽收你的视野。你如一缕春风吹过丝绸之路，抒写了农信社改革和发展，展示信合人生活的点点滴滴……

是你的温暖，让远在千里万里的信合人，找到了家的感觉。春夏秋冬，严寒酷暑，无论在大漠边缘还是在田间地头，无论是在繁华街市还是寂静山村，有你使寂寞的信合人心里多了一份寄托和牵挂，有你使浮躁的心灵多了一份淡定和希望。虽然山里、山外、城市、村镇信合人的生活经历不同，生命节拍不同，但在这里，人人有爱、有梦、有希望。因你，信合人更加坚定了信念，更加执着于追逐梦想，更加努力拼搏奋进。苦了、累了、寂寞了，就当你是心灵的后花园，栽种一枝心灵的花朵，寄存一份心情和希望。

是你的精彩，让许许多多信合人为此而牵肠挂肚，始终怀着期盼的心，等待着你的到来，每当看到你的那一刻，那一份亲切、那一份喜悦无法言语。因你的丰富多彩、喜讯频传，使信合人多了一份喜悦，多了一份快乐，多了一份收获。

是你的真诚，让默默奉献的信合人感到了金融改革发展的新气象，让工作生活在远方的信合人感受到农村信用社改革的匆匆脚步、声声锣鼓。你说出了信合人的心里话，你道出了致富农民的心声，你与信合人同呼吸共命运。

是你跳动的脉搏，使农村信用社的改革掀起层层波浪，让远方的信合人始终能听到你的心跳，从此不再感到孤单；因你的相伴，让单调的生活变得快乐而充实；因你每一期中最新的信息及时传递到偏远一隅，将中央的政策、决策快速传送，搭建起一个信合人相互学习的平台，拉近了信合人心与心的距离。

是你的真诚，为信合人心中点亮了一盏灯，用真诚温暖着每颗渴望梦想的心；你用一篇篇精美的文章，报道信合人在金融改革的路上，肩上挑着农民的希望，怀里揣着党中央的关切，任凭风吹雨打砥砺前行的奋斗历程；你用一幅幅精彩的图片尽情展示着信合人在支农路上勇往直前的昨天和今天。

陇原信合人与《甘肃信合》这一种牵挂已经根深，这一种情愫已经久远。一路上信合人愿与你同甘共苦，信合人愿与你风雨同行，信合人愿同你与时俱进。无数信合人在默默地期待，关怀你的成长，无数信合人愿永远牵着你的手，一起走向风雨彩虹……

★ 载于二〇一一年十月《甘肃信合》

草原上的守望者

白云守望着蓝天，青山守望着绿水，草原深处的信合人守望着牧民过上美好生活的梦想。

当春天的脚步轻轻地走近草原，草芽破土而出，牧民们便怀揣希望开始为一年的新生活而忙碌，草原深处的信合人便骑着摩托车开始奔波，为牧民的草场多养些羊儿、牛儿，为秋天兜里多些崭新的人民币而走村串乡，常常匆匆忙忙顾不上喝一碗奶茶、吃一口糌粑。心里牵挂山那边的扎西准备跑运输，需要一笔小额贷款，回头又放不下河对岸的卓玛需要资金加工酥油，还有最近搬迁到定居点的老阿妈需要资金建暖棚……

寒冬的草原上太阳高照，寒风凛冽，草原上的信合人为了收一笔一笔的农户小额信用贷款，顶着寒风在一家一家穿梭，其间难免遭遇藏獒的袭击，拼命骑着摩托车风驰电掣几千米才躲开四五只藏獒的追击；其间难免遇上瓢泼大雨的洗礼，湿透了全身，裤子和鞋沾满了泥土；其间难免遇到小河涨水没了去路，只好在牧人的帐篷里借宿；其间也难免因找一个贷款"钉子"户，推着没油的摩托车走到半夜才回家，倒在炕上才想起一天只吃了一顿饭……

日复一日，年复一年，当许多牧民在县城里有了住房和商铺，生意渐渐做大，甚至在拉萨有了上百万资产的时候；当许多牧民静静地坐在宽敞明亮的太阳房里，品尝香甜的奶茶；当牧民为今天的富裕生活互相祝福，开怀畅饮的时候……他们永远不会忘记信合人给予他们的那份厚重的爱。尽管草原深处的信合人一如既往地忘我工作着，被太阳晒黑的脸比以前更黑了、皱纹比以前更多了、头发比以前更白了，但牵挂牧民幸福生活的那一颗心却更加炙热。

面对忙碌工作的信合人，许多钱包鼓起来的农牧民就是不明白为啥。曾经多次劝他们："跟我们干吧，去当个会计，一月开几千块工资，比在信用社舒服多了。"面对真诚的邀请，他们大多只是憨憨地一笑："我离不开这片绿草地，这里的路我曾经走过千百回，这里的牧民将我当作自家人……"

是什么力量让草原信合人如此执着？——论出息，草原深处建不了功，立不了业，成就不了人生壮举；论财富，草原深处的信合人，一辈子的工资不够在大城市买一套房；论生活，简朴、清贫、风餐露宿，与城里人的生活天差地别。但是情系草原千家万户幸福的信合人，因为对农牧民难以割舍的情怀，执着地扎根在草原，他们用一颗平凡的心，用激情似火、自强不息的精神，历经磨难，走前人没走过的路，干前人没干过的事，辛勤打造自己的一片"支农"天空，将爱洒向草原，将党和国家的关怀送到牧民的家中……

草原深处的信合人无怨无悔，风雨无阻，处处留下辛劳的足迹，信合人与牧民的心贴得更近。你看草原定居点上，整洁的院落，充满温暖，处处荡漾着幸福，成为大自然最美最浓的那一抹。因为草原信合人与牧民群众有水乳交融的那一份情愫，共同创造和谐的旋律，才使草原更加美丽，天更加蓝、水更加清、花更加艳、牛羊更加肥壮、歌声更加嘹亮、锅庄舞更加优美。在这里，辽阔的草原见证了信合人是牧民幸福生活的守望者……

★ 载于二〇〇九年十二月《甘肃信合》

我红尘中最美好的缘

　　起初不尽如人意的选择让自己特别的失望，想进农行却被农信社录取，郁闷伤心了很久。但经过在农信社二十年的摸爬滚打，尝尽信合工作的酸甜苦辣，感受到信合大家庭的温暖，记住了信合人的最真诚的爱，手握手的服务，心贴心的承诺，自己终于成长为一名快乐自豪的信合人。今天想说信合爱你不容易，想说信合你是我一生无法割舍的爱，是我无怨无悔奉献青春的地方，是我红尘中最美好的缘……

　　酸——羡慕嫉妒的味道。初入农信社如白痴的尴尬，就看师傅噼里啪啦打一大串数字又快又准，就见同事唰唰的点钞声赏心悦耳，就见柜台里面的每一位都笑盈盈地回答顾客的问题，就看主任出去几趟接客户从大老远来存款，当时的自己那么的羡慕和嫉妒他们，无数次酸酸的味道涌上心头。

　　甜——蜜糖香甜的味道。成长的过程总伴随着辛勤的汗水，无数双信合人温暖的手牵着我蹒跚前行，支持我战胜困难勇往直前。当工作中遇到山穷水尽疑无路的困惑，总会有信合前辈热心的帮助，让沉甸甸的心有了柳暗花明的豁然，让我心头始终是温暖的、软软的、甜甜的。

　　苦——眼泪苦涩的味道。农信社工作又苦又累，休息日和节假日加班，常让孩子很孤单地饿着肚子睡觉。当孩子病了时医生用异样的目光看着我，我的心被钢针扎了一般。曾狠心抛下病危的母亲，泪流满面地安慰说很快会回来，心早已碎了一地，明白也许这真的是最后的诀别。

辣——热情似火的味道。吃苦耐劳坚韧不拔乃是信合人的性格。在经历失败时，坚定自己的信念，勇敢接受挑战挫折，锲而不舍地努力，以火热的激情，沉着应对工作中的困难。只有吃过很多苦，流过很多汗，才能使自己真正成为信合参天大树的一片绿叶，展示信合人工作中火辣辣的激情。

咸——咸淡适宜的味道。相信风雨过后是晴空，生命因为没有虚度，日子变得五彩缤纷。信合的工作让我充实，给予我的快乐总让我自信满满。自己能站在梦想成真的地方，痛并快乐地工作生活。苦过累过后坦然地工作，安然地生活便是最好。我工作之余可以坦然面对如烟往事和繁花似锦的世界，笑看风花雪月和悲欢离合。潇洒地来一趟说走就走的旅行，在梦中的周庄看波光粼粼的水，穿梭在凤凰古城寻边城的故事。在色彩斑斓的楚汉街找祖辈的足迹，随船穿过红灯笼高挂的秦淮河想起红尘有爱，畅游在高原绿草地上瞭望蓝天白云，放飞我的信合梦……

★ 载于二〇一六年三月《甘肃信合》

阳光总在风雨后

回首往昔，岁月如歌。1952年甘肃皋兰县石洞信用社成立，从此陇原大地上一个为农村、农业、农民服务的金融机构破茧而出，走过七十载峥嵘岁月，历经无数风雨洗礼，在变革中逐渐壮大，如今已发展成为遍布甘肃十四个市州、拥有两千多个网点、服务千家万户的农村金融机构——甘肃农信，不忘初心、支农为本，积极落实中央农村政策，大力支持"三农"发展，为振兴地方经济发挥着金融主力军作用。

七十年里在陇原贫瘠的土地上，第一代甘肃农信人开启了服务陇原地方经济发展的航程，面对新中国成立初期，农业基础建设百业待兴，积极响应中央农业是根本的号召，攻坚克难开展支农服务。他们用满怀激情的一颗赤诚之心，靠一匹马、一双脚、一把算盘、一个背包翻山越岭，跋山涉水，上山下乡，入户进村，没有条件创造条件，硬是靠人背马驮支撑起一个个"背包银行""马背银行"，把支农的根深深扎在了陇原大地上。七十个春夏秋冬，甘肃农信人风雨兼程，用艰苦卓绝的拼搏和勇往直前的不懈努力，谱写了一曲激扬豪迈的时代旋律。

甘肃农信乘着改革的东风，经历无数次变革的阵痛，如今终于发展成为点多面广、实力雄厚、竞争力强、服务快捷、设施齐全，在支持地方经济发展中具有重要作用的农村金融机构。

二十年里农村金融改革转型，甘肃农信走上一条不断探索寻求发展的道路。甘肃农信面对严峻考验，顺应时代潮流，深化管理体制改革，构建新的管理框架，从内而外实现质的转变。不断完善法人治理结构、明晰产权关系、规范管理体制、健全激励约束机制、化解历史包袱、优化资产质量，实现跨越式发展。甘肃农信管理转型、体制转型、产品转型、服务转型，发展成为一个自主经营、自我约束、自我发展、自担风险的市场主体。从最初的二级法人社改制成一级法人社，改制农村合作银行，逐步走向了体制健全、管理规范的农村商业银行发展之路。

大灾面前勇于担当，彰显大爱。甘肃农信在困难面前决不退缩，以真诚的付出传递温暖。2008年四川汶川"5·12"地震波及天水、陇南、甘南三地多个县乡镇。甘肃农信全力支持地方政府和受灾乡亲搞好灾后重建工作。灾区的农信网点彻夜灯火通明，农信人夜以继日为受灾群众发放灾后重建贷款。2010年舟曲县遭受地震重创未愈，又受到百年不遇的"8·8"特大山洪泥石流灾害。甘肃农信第一时间组织人员赶赴舟曲受灾现场，安排专人查实灾情，日夜兼程将捐赠物资送到灾区。全省农信人积极捐款，为舟曲送去关怀温暖和真诚的祝愿。灾区的农信人积极应对这突如其来的灾难，他们团结一心、众志成城、排除万难、全身心投入到恢复营业的战斗中。有人偷偷抹去刚刚失去亲人的泪水，默默地将悲痛藏在心里；有人埋头苦干不顾汗水湿透衣衫；他们只为尽快恢复金融服务。终于在灾后三十六小时城关信用社连通了灾区第一家金融服务专线，中央的救灾款、全国人民的爱心捐赠源源不断地汇入灾区。农信社快捷的金融服务，为受灾群众点亮希望的心火，农信人以实际行动彰显勇于担当、甘于奉献的朴素情怀。

十年间农村金融跨越式发展，甘肃农信外树形象，内强信心，砥砺前行，逆势而上。十九大以来甘肃农信发挥党委的领导核心和政治核心作用，强化合规文化建设，将金融服务融合到文化建设中。甘肃农信人以饱满的热情抒发家国情怀，八十三家行社开展"七一"歌咏比赛，唱响永远跟党走的坚定信念和热爱祖国的一腔热血；各行社组织校园送金融知识活动，组织下乡为脱困户送温暖活动，组织走乡村送演出活动，丰富了群众的生活，拉近了与农牧民的距离；组织篮球比赛，赛出农信人勇于拼搏、决不服输的风格。甘肃农信参加金融机构业务技术比赛，以实力证明农信人永不退却的精神，彰显八十三家行社的凝聚力和奋斗精神。

十年里甘肃农信勇于迎接挑战，负重前行。物竞天择、适者生存。甘肃农信在激烈的市场竞争下没有退缩，积极寻找差距，不断自我完善，提升竞争优势，发挥科技带动作用，促进产品创新，努力打造有特色的支农服务品牌，实现以点带面的金融服务全覆盖；运用乡镇营业网点、ATM 机、手机银行、网上银行、微信银行，打通农村金融服务"最后一公里"，使农民群众无论在何时何地都能享受农信社方便、快捷的金融服务。甘肃农信加大支农环境建设，加大"互联网＋农村金融"的融合，对高原夏菜、草畜、果蔬、食用菌大棚等设施农业和农产品生产加工、运销等涉农小微企业加大资金支持；推出"飞天卡""惠商通""陇菜通"等特色金融服务产品，多渠道拓展"兴陇 e 贷"等线上业务，为甘肃金融科技发展注入新的活力。

党建与业务融合，巩固三农主阵地。甘肃农信深入学习贯彻省第十四次党代会精神，紧紧围绕"强党建、促发展、化风险、严整改、抓合规、增效益、真关爱"工作"21 字"总思路，持续推动党建与业务经营深度融合，以高质量党建引领高质量发展：担起金融支持稳住经济大盘重任，以灵活的存贷款利率政策积极为中小企业纾困解难；助力地方经济发展，加大交通运输、文化旅游、批发零售、住宿餐饮等行业的信贷资金支持力度；开展"甘味迎春早·农信送福到""赋能乡村振兴"，多次专场直播带货活动，擦亮了甘肃农信"农"字招牌；推进掌上银行、飞天 E 缴费、有效收单商户、智慧场景建设，提升了"飞天"品牌影响力。

聚焦产业扶贫，助力脱贫攻坚。甘肃农信人勇于担当，甘做精准扶贫的排头兵，以高度的责任心和使命感，全力做好精准扶贫工作：开展"进村入户"活动，帮扶工作组对宕昌新寨乡开展医疗扶贫、教育扶贫；临洮农商银行创新推出的"农户小额信用贷款＋养殖、蔬菜、中药材"特色优势产业信贷帮扶的做法和经验得到当地群众的赞誉；东乡县农信联社发放快捷、便利、灵活的农户小额信贷和联保贷款进行"造血扶贫"，帮助农户发展草食畜牧特色养殖业，在被联合国教科文组织认定为"不适宜人类居住的地方"的东乡县这片土地上助力贫困农户脱贫，使其逐步走向勤劳致富的道路。

开通绿色通道，打造生态旅游。甘肃农信积极响应中央的富农政策，践行"一带一路"倡议，倾力支持丝绸之路经济带建设：发展绿色生态农家乐建设，为农户开通绿色窗口、绿色通道，提高担保限额；大力支持丝绸之路文化旅游基础建设，打造绿色生态旅游环境，投入信贷资金帮助企业打造葡萄酒庄园，让来自远方的游客在葡萄架下吃着美食，感受"葡萄美酒夜光杯"的静美时光；支持"敦煌小镇"商业区建设，探索"银行＋政府＋基地＋农户"新型农业发展合作模式，推进农村全面建设绿水青山，让世界八方客体味丝绸之路的繁华盛世。

践行社会责任，合力抗击疫情。甘肃农信直面新冠肺炎疫情的冲击，面对严峻复杂的环境，全员弘扬"大信为农，相合共生"的甘肃农信精神，齐心协力共渡难关，疫情面前尽显大爱，上下拧成一股绳，万众一心抗击疫情。各行社组织开展"疫情防控当先锋，党员抗疫在行动"活动；青年员工们危难时机冲锋陷阵，踊跃争当志愿者，勇当抗疫的"逆行者"，践行"奉献、友爱、互助、进步"志愿服务精神。疫情无情，农信有爱，甘肃农信系统各行社纷纷组织防疫物资为各县市抗疫一线捐款捐物，帮助困难家庭解决实际问题。在疫情交叠、同业竞争激烈的环境下，甘肃农信人不忘初心，践行使命，舍身忘我坚守在工作岗位，认真落实各项疫防措施，确保营业网点安全稳定运营；充分运用网络线上渠道办理业务，为广大客户提供零接触、零距离在线综合金融服务；通过短信、微信、电话维护到期存、贷款客户，为群众搞好服务。甘肃农信人用实际行动传递温暖，为早日打赢疫情防控攻坚战贡献力量。

展望未来，江山如此多娇。甘肃农信将一如既往为支持乡村振兴、助力共同富裕、同心共圆中国梦再添农信力量。

★ 二〇一九年八月二十六日

农信情怀

　　在陇原大地上有这样一个金融机构，它扎根农村，服务县域经济建设，支持小微企业，心系百姓助推脱贫奔小康。它带领两万多名农信人不忘初心、牢记使命，呕心沥血、挥洒青春，肩负着支持"三农"经济发展的重任，它就是甘肃农信。

　　六十多年里历经无数次改革，经过几代农信人的辛勤耕耘，在变革中逐步发展壮大，现如今已有两千多个金融服务网点点缀在陇原大地上，便民服务点遍布在城镇村落、山乡郊区，成为落实中央农村政策助推脱贫攻坚，支持"三农"工作振兴地方农村经济发展的金融主力军。

　　不忘初心，一心为农。从你认识农信人的那一天起，就有一双温暖的手牵着农民的手，走向脱贫致富的道路，迎来富裕生活。几十年里农信人精诚团结，奋勇前行，落实中央强农惠农政策，传递党中央的关怀，为农信社的稳健发展，为山乡旧貌换新颜不懈努力。无论在黄土高坡还是飞沙戈壁，无论是都市广场还是偏僻山乡，都有农信人不畏酷暑严寒的坚定脚步，他们肩上承载着农户的希望，心里装着陇原大地千家万户的梦想。他们走在陇原大地的青山绿水之间，播撒着幸福的种子。

　　携手并进，患难与共。春暖花香的日子里，万物生机盎然，农信人的"背包银行"在农村的田间地头，忙着为农村的春耕备耕，将农户买种子、化肥需要的信贷资金送到手中。炎炎夏日里他们在蔬菜大棚里看果蔬、食用菌的长势，为农户的产销商讨对策。秋收之际他们依旧风雨无阻，奔波在农牧民群众饲养牛羊的大棚里，"马背银行"为提供畜产品供销一条龙服务的小微企业发放信贷资金。冬天里厚厚的雪遮盖了前进的路，但没有挡住信贷人员的工作热情，他们又在为农户来年的幸福日子准备雪中送炭……

精准扶贫，握手承诺。从你看到农信人的那一天起，就会为那一颗颗执着的心所感动。农信人甘当精准扶贫的排头兵，脱贫路上一个都不能少，农信人心与心的承诺就从这里开始，他们心里装着父老乡亲的生活，时刻为农户的脱贫致富操劳着、奔忙着，为贫困农户走向勤劳致富的道路辛苦着、努力着。他们进村入户造血扶贫，为产业扶贫搭建平台，依托"富陇产业贷""兴陇合作贷""脱贫助力贷""精准扶贫"信贷产品，帮助贫困农户畜牧养殖，种植特色野菜、蔬菜，帮助贫困户脱贫致富。

铸造品牌，贴心服务。从你牵手农信人的那一刻起，农信人就有一个愿望，为你贴心服务。农信人爱社如家，舍小家为大家，无暇顾及自己的孩子、家庭和父母，夜以继日，研究测试，打造有特色的支农服务品牌，其间的艰难险阻、酸甜苦辣藏在了心里。多少个不眠之夜，无数次系统测试，只为推出更加贴心、适用、便捷的农信社金融服务产品，为农户开通绿色窗口、绿色通道，让千家万户享受方便快捷的服务，实现陇原大地以点带面的金融服务全覆盖。

绽放芳华，真诚奉献。从客户走进农信网点的那一刻起，就有农信人饱含热情的双手为你服务，柜台内年轻的他或她浅浅的微笑、亲切的问候传递着爱的温度。还有那位大堂经理迎来送往，一边耐心地解释着客户的疑问，一边将水杯递到客户手中……农信人奉献着他们的青春，传递着温暖，苦了、累了、委屈了，擦干眼泪永远是灿烂的笑容。

同心圆梦，再创辉煌。展望未来，任重道远。农信人在平凡的岗位上默默耕耘，以自己的辛勤和汗水书写人生华章。

农信人不忘初心、牢记使命，为振兴农村经济建设、重筑农信社辉煌奋发图强、砥砺前行。

★ 载于二〇一九年十一月《甘肃信合》

农信情怀

走向春天的旗帜

你从春天走来，迈着气壮山河的步伐，将春天的种子播撒到祖国的大江南北、山山水水间。你是茫茫大海中的航标，为中华民族的繁荣昌盛导航。你是走向春天的旗帜，为中国的社会主义道路指明了方向。你是中国人民的儿子，你不平凡的一生时时刻刻都与中国息息相关：为中国的解放事业驰骋战场，你有着卓越战绩；为新中国的建设兢兢业业，你作出了卓越贡献；为中国的改革开放走向世界，你铸就了不朽业绩。

你是人民的儿子，历经无数艰辛，心里永远装着人民。你乐观、向上、坚定、不低头，你以苍松傲雪的气势孜孜不倦地奋斗着，为了人民的幸福，为了中国的强盛，始终没有放弃奋斗的信念。在你的指引下，改革开放的思想像春风吹遍了大江南北，从此使中国旧貌换新颜。你拥有一个真正的共产党员坚定的信念，几度风雨，几度沧桑，几度沉浮，几度奋起，最终成功地让一个具有中国特色的社会主义国家屹立在了世界的东方，像一面永远不倒的旗帜迎风飘扬。

你的"金融是现代经济的核心"科学论断，使中国的金融事业走向了改革、走向了世界。你的"金融搞好了，一着棋活，全盘皆活"，让沉寂已久的中国金融业走上了新的征程，带动着我国经济全面发展。你提出的"金融核心论"给世界上了一堂生动的课，亚洲金融危机中只有中国成功实现了软着陆，创造了经济持续增长的奇迹。你的"金融改革的步子要迈大一些，要把银行真正办成银行"指明了我国金融业改革和发展的方向，中国人民银行成了中央银行，商业银行改革与转型到位，金融体系日趋完善，金融市场的产品日趋多样化，金融服务水平不断提高，金融市场运作愈加规范，金融市场的对外开放程度逐年提高。你的"对外开放，对内搞活"战略思想，使中国的金融业发展空间更加开阔，大量外资金融机构的引进拓展了我国金融业的合作，促进了交流与协调，为我国经济发展创造了良好的国际环境。

创业难，守业更难，让事业向前发展更是难上加难。正是因为有了您超人的胆略、敏锐的思维、博大的胸怀、无私的奉献，中国的改革开放之路才得以越走越宽。而也正是因为有您的思想正确指引，中国特色社会主义，中国特色的金融事业，将会走向更加灿烂的明天。

★ 二〇〇四年八月二十日

以行动诠释农信精神

2005年11月22日，甘肃省农村信用社联合社成立。十五个寒来暑往，从蹒跚学步成长为风华少年。甘肃农信人不忘初心，砥砺前行，落实党中央一号文件，将党的温暖送到千家万户；她进村入户，帮助贫困农户实现脱贫致富的梦想；她支农支小，改变了农村乡镇的面貌，改变了农民的生活。她用行动彰显、用真诚镌刻、用双手创造、用奉献诠释甘肃农信精神。她几十年如一日扎根农村，赤子之心从未改变，一代又一代的信合人构筑起了我们农信人的信合梦。

担当尽责，不忘初心坚守"三农"。十五个冬去春来，甘肃农信社秉持"大信为农，相合共生"的发展理念，扎根农村，坚守"三农"，服务"三农"，以农民的幸福作为自己奋斗的目标，以加快城乡一体化建设作为自己的使命，以新型化农村发展作为自己的责任，以高度的社会责任感、使命感支持地方经济建设：助推乡村早日脱贫摘帽，对宕昌新寨乡等多个贫困乡村开展易地搬迁、产业扶贫、教育扶贫、医疗扶贫等一系列帮扶工作；创新发放"兴陇合作贷""脱贫助力贷"，投放"小额信用贷款＋养殖、蔬菜、中药材贷"，支持花椒种植、中药材种植、养蜂、养牛羊等特色产业发展，帮助村民"拔穷根"，推进脱贫攻坚全面胜利。农信人知行合一，用行动证明自己是支持甘肃农村经济发展的主力军。

艰苦奋斗，不怕困难自强不息。十五年栉风沐雨，农信人自强不息艰苦奋斗的优良传统，一代接一代薪火相传。农信人的"马背银行"驰骋在草原，将购买牛羊饲料、种植野生菌、采摘草药及加工生产的贷款送到农牧民家里。农信人不辞劳苦，以实干筑就了今日的新业绩。

实干创业，奋起直追永不言败。十五年呕心沥血，奋勇向前，以担当体现忠诚，以实干创造奇迹。农信人不怕困难，艰苦创业，在探索中前行，不懈怠、不放弃、不言败，使农信社旧貌换新颜。曾经在公社大院里那二尺土台栅栏的营业网点，如今变成了整洁漂亮的营业大厅；曾经的手工记账，如今已是计算机联网无纸化办公；曾经的算盘珠子噼里啪啦声声入耳，如今是计算机数字化服务，掌上银行、飞天 E 码通、移动支付便民服务、电话银行、手机银行、微信银行覆盖村镇，便捷的网上银行服务到家家户户。时代变了，农信人的服务宗旨从未改变。多年以来，农信人艰苦奋斗不懈努力，终于使默默无闻的甘肃农信华丽转身，成为全省网点最多、人员最多、服务面最广、推动地方振兴乡村建设投入资金最多的金融机构，彰显了甘肃农信的责任担当。

无私奉献，爱社如家不负韶华。十五年风雨兼程，一路坎坷的农信人，继承了父辈爱社如家的光荣传统。农信人对农信社倾注了所有大爱和热情，坚守支持"三农"的诺言，深深扎根陇原大地，为贷款的农户忙碌，为特色加工企业的资金辛苦奔波……无论是沙漠边缘还是戈壁滩上，无论是阳关古道还是羲皇故里，无论是城市中心还是偏远乡村，处处都有甘肃农信社的网点、综合服务室，处处都有农信人的身影，他们怀揣着一心为农的梦想，在走过的土地上播撒希望的种子，用自己的双手帮助人们创造富裕生活，俯首为牛，风餐露宿，只为描绘农村更好的面貌。农信人坚守、执着、付出，用青春、用生命书写着奋斗理想，无怨无悔，真诚奉献，在平凡的工作岗位上忘我工作，创造不平凡的业绩，成就不平凡的事业。

改革进取，勇往直前浴火重生。十五年弹指一挥间，农信人见证了改革中的甘肃农信社破蛹化蝶，从联社改革成合作银行、从农村合作银行改革为农村商业银行，一切都是在阵痛中开始，一切都是在努力中前行。雄关漫道真如铁，而今迈步从头越。面对严峻的挑战和复杂的形势，面对各大商业银行业务下沉蚕食农村金融阵地，农信社网点多、服务人员多的竞争优势逐渐被取代的不利局面，甘肃农信如何在激烈的竞争中求生存？如何摆脱困境谋发展？甘肃农信的领导班子在思考、在探索、在寻找一切可能逆袭的机会,为了顺应潮流而改革,为了谋求生存而改革,为了摆脱困境而改革,为了筑梦前行而改革。他们危中见机,运筹帷幄,努力向合规稳健发展迈进;他们以服务"三农"为宗旨,以改革为动力,以促进发展为主体,以提高效益为中心,谋划甘肃农信改革大计;他们带领举步维艰的甘肃农信浴火重生,重塑企业形象,实现艰难跨越,营造了开放、融合、共赢的金融生态。

大灾大爱,危急关头冲锋在前。十五年灾害频发,农信人众志成城,与广大人民心连心、患难与共:舟曲遭遇泥石流特大灾害,农信人与受灾群众肩并肩共渡难关;汶川地震波及天水、甘南和陇南多个县(市),农信人与受灾农户手拉手共同战胜困难;岷县遭遇雹洪灾害、地震灾害,农信人贴心服务让受灾群众摆脱困境;新冠疫情肆虐,农信人坚守岗位做好窗口服务。在陇原的这片土地上,每逢灾难大事,甘肃农信都会积极践行自己的社会责任,最先捐款捐物驰援灾区。

长风破浪会有时,直挂云帆济沧海。展望未来,击鼓催征,千帆竞发,百舸争流。十五年我们风雨同舟,共同见证无数个不眠之夜,共同见证流过的汗水和泪水,共同见证青丝变成白发,共同见证改革后的甘肃农信走向辉煌……踏平坎坷成大道,斗志昂扬又出发,农信人集结在农村金融改革的号角下,整装待发步入改革的行列,用爱撑起一片绿荫,用双手筑起幸福家园,用心绘就农村致富奔小康的蓝图,为如意甘肃谱写一曲脱贫致富、振兴乡村的凯歌。

★ 载于二〇二〇年十一月《甘肃信合》

明月伴我行

夏天的夜晚，一轮圆圆的明月高高挂在寂静的夜空，在沉沉的夜幕中显得那么明亮。我们审计组今夜要从舟曲县赶到迭部县，出发时天已经黑了。车在弯弯的山路上缓慢爬行。月亮一路伴随我们前行。

我看看年轻的司机师傅有些疲倦的脸，又望望坐在后排的三位审计人员熟睡的样子，心里是五味杂陈。常年干审计工作，常年夜晚、雪天、雨天赶路，细想很是后怕。

甘南地处青藏高原东北边缘，山峦重叠，沟谷纵横。前些年没有高速公路，交通极为不便，国道路况较差，最远的县与县之间距离三百多公里的山路，走十多个小时才能到。每家联社的网点又是东一个西一个，分布在各个乡镇，网点之间距离近的十几公里，远的有上百公里。去网点的路上能遇到很多无法预测的事。泥石流冲断路的事时有发生，绕道而行还是幸运。下雨时最怕山上的滚石落下来，车根本没法躲开，需要司机仔细观察山上的动静，特别小心地行走。下雪天从舟曲走铁尺梁的路更是难上加难，眼前白茫茫的一片。在山下，师傅就给车轮挂了防滑链，然后沿着前车轱辘留下的痕迹缓慢开动，等到了山顶再看山下，让人倒吸一口凉气——真害怕！一尺多厚的雪，车驶上弯弯绕的山，考验的既是司机的技术更是胆量，我从来都不敢想象有一点点失误的结果……

这一次我们审计组的工作任务是现场去审计四家县联社，抽样三十多个网点，任务十分繁重。路上常遇上施工路段，加上夏天多雨，道路常被山水冲断，需要多走几十公里绕道而行，很多时间浪费在了路上。为了不影响整体工作进度，万般无奈，我们审计组只能白天进网点审计，在灶上吃午饭后继续工作，必须在网点下班前结束现场审计工作，晚饭后赶夜路到离下一个网点近的宾馆住宿。

但今晚这路走得也太困难了，路面窄，弯道急，一边是高山，一边又是白龙江，一段修路，一段走便道，司机不熟悉路况，我担心走错路，舟曲到迭部的路，白天一般走三个小时，而今晚走了四个多小时还在山里绕。刚出舟曲县城还遇过几辆来去的车，之后就只有我们审计组的车，在空旷的山路上兜兜转转，如果真要是走错撂到路上，那麻烦就大了。我忐忑不安地胡思乱想着，这份担忧却无法说给别人听。

我望着车窗外那一轮明月，心里是无限的感激，无助的心多少有了一些安慰，多亏月光给深沉的夜幕披了件银色的薄纱，让我们能看到山的轮廓，能分辨出白龙江边的道路，看到江对面的山和影影绰绰的原始森林。月光照着的弯曲的山路不再那么漆黑可怕。有月亮相陪，我们的车在山野里行走就不那么孤单，我的心渐渐踏实了许多。

终于一个山弯绕过去，我看到了半山腰上的村庄如星星般闪烁的灯光，一颗久悬的心瞬间落地了，有村庄的地方离县城就不远了，有人的地方就不用怕熊瞎子出没。

县城的路灯分外明亮，宾馆招牌上的霓虹灯色彩格外艳丽，凌晨一点多到了宾馆，与等待我们的几位同人热情握手，一股暖流涌上心头，激动的心情无法形容，有种久违了的回家的感觉，他们为我们安排好房间后，说了晚安，都回去了。

看着窗外陪我一路走来的月亮，我感慨万千，感谢月亮的一路陪伴，深情道声：月亮晚安！这一晚我枕着月光沉沉地入睡。

★ 载于二〇二二年九月《甘肃信合》

三代人的守望

　　终于，卓玛做了一个让阿妈很伤心的决定——去黄河第一湾的久曲玛农信社上班。今天是她报到的第一天，心里特别激动。夜里卓玛躺在农信社职工宿舍楼的床上，看着窗外的圆月，想着，母亲知道了一定会偷偷地流泪，还会很长时间不搭理自己，想着想着她渐渐进入了梦乡……

　　在过去的许多天里，卓玛给阿妈说了许多要去黄河第一湾的久曲玛农信社上班的理由，阿妈很固执就是不答应。她说农信社的人工作太辛苦，人人都一心想着单位不顾家。卓玛知道她心里的斗争肯定是无法言语的。阿妈太了解农信社这份工作的不易，理解其中的艰辛和心痛。如今女儿若去农信社上班连谈对象的时间都没有，更何况条件好的小伙子极少去偏僻的乡镇，母亲有一万个理由希望自己的女儿选择更好的生活。

　　阿妈见证了第一代农信人的艰苦创业。卓玛的祖父在60年代生活条件最为艰苦的日子里参加农信社工作。当时久曲玛农信社就在乡政府大院里，西边一排房子中间的一间，一个土木台子，里面摆两张办公桌、两把算盘、一个保险柜，就是所有的家当，两边的房子就是库房和宿舍。白天藏族阿爸阿妈来农信社贷款、存款，晚上就只有农信社的两名员工孤零零住在院里值班守库。卓玛记得小时候听过祖父的"马背银行"，牧民习惯居无定所的游牧生活，多以草场的肥沃选择居住地。祖父骑着马，背着包去了县里提款，路上遇到大暴雨，山路太滑，他从马背上摔下来，被山里放羊的牧民送回家。听母亲说起祖父去很远的村子收贷款，深夜在草原上遇见过两只小狼，多亏没有遇到狼群侥幸回农信社的事。也听过大雪封山，农信社三名员工吃了20多天的土豆、酥油炒面。还有回家过年路远不说交通极其不便，来回路上四五天地折腾，能遇上各种意想不到的心酸事，在家最多也只能住上三天。去的时候得早上五点多出发，骑马走三个小时山路，到县城赶那唯一一趟去州府的大班车，若遇大雪天运输公司停运，又得在县城住一晚。运气好坐上大班车，也是在低洼不平有冰有积雪的山路上晃悠，绕上一座山又下了一座山，深夜才懵懵懂懂地到家；回单位时也经历过大班车抛锚，前不着店后不着村，40多个旅客饥肠辘辘，差点冻成冰棍的惨状……

卓玛的阿爸80年代末接班进的农信社，他上班的时候，久曲玛农信社就在乡政府旁边修了一院房，街道旁宽敞明亮的营业室，带了标准的库房和值班室，院子里面一排职工宿舍。这里父亲的"背包银行"一直是全州农信社学习的典型，他下乡骑的五菱摩托车还是州农行特批的。父亲虽然只是个高中生，但他勤奋好学，经常苦练翻打百张传票等业务技能，参加过六届全州的业务技术比赛，包揽六年珠算第一名。阿妈陪伴阿爸在农信社生活30年，只能将卓玛和才丹弟弟送州上的外婆家去上学，一年只有春节才回州上过年。父亲因常年生活在3400多米高寒缺氧、阴冷潮湿的高海拔地区，患上了严重的肺心病，很不情愿地离开了他热爱的久曲玛农信社。可他的心一直留在这片挥洒汗水的草原上，这里的一山一水、一草一木、一乡一村、一家一户都有他生命的注解。他知道生活在草原深处农信人的酸甜苦辣，生活条件艰苦不说，孤独难耐，医疗条件极差，常年离家，白天要上近十个小时的班，晚上要值班守库，一年四季以社为家。女员工则更难，结婚生了孩子就留给父母照看，孩子生病上学根本照顾不上。农信社工作要求高，又忙又累且待遇一般，根本留不住人，以前好几个大学生无法忍受这寂寞、单调又辛苦的工作，有的考公务员，有的直接辞职去了其他城市。

卓玛是这个高原小县城考进省城大学唯一的藏族姑娘，毕业不久，顺利考入了州农科所，但同时被农信社录取。她的工作去向成了全家人今年的头等大事。阿妈希望她在州农科所工作，她相信卓玛继承了父辈坚韧不拔、吃苦耐劳的精神，去大城市或去州上工作都会很优秀。但父亲却希望她去农信社工作，因为农信社太需要懂藏汉双语，又是会计本科专业的年轻人，女儿继承他的事业，完成他未完成的工作，是他一直所希望的。如今国家的扶贫政策重点扶持深度贫困少数民族县，农信社肩负为"三农"服务的重任，帮助贫困农牧民脱贫致富，彻底改变了农牧民的生活，信贷资金支持牧民修建房屋，农牧民结束了游牧生活，住进牧民新村，白墙红瓦的四合院外带羊棚，骑着摩托车去放牛羊，生活潇洒自如。这里的藏族农牧民只认农信社，国家的扶贫款、草原补助款、黄河湿地保护款、农牧民的医保款有农信社的服务，他们就一百个放心……

　　卓玛有一千个理由守候这块热土。卓玛说她是农信娃，是吃农信饭长大的，是黄河第一湾这块热土留住她的心，这里有爷爷的足迹，有父亲的汗水和母亲的爱，这里有小伙伴的歌声，有黄河第一湾的呼唤，这里的山青水秀羊儿壮，这里有淳朴善良的父老乡亲……卓玛留下来的心思早已生根发芽，此生注定要为农信社绽放青春，燃烧激情，不负韶华。

★ 荣获甘肃农信联社庆祝中国共产党成立100周年
"献礼建党百年．再创农信辉煌"征文二等奖

我和我的妈妈

我生在甘南藏乡舟曲，打我记事起，妈妈就在农村信用社上班，在我记忆最深处，她总是留着整齐的短发，打着漂亮的领结，穿着洁白的衬衫，配着蓝色的裙子和黑色的皮鞋，笑起来甜甜的，真好看！

同学们都很羡慕我有个漂亮的妈妈，我很喜欢我的妈妈，也为有一个漂亮妈妈而骄傲。每天下午一放学我就去找妈妈，妈妈上着班，我就在妈妈柜台外面角落的桌上做作业，一直等她下班回家。

我一边写作业一边偷偷瞧妈妈，看她在柜台里面隔着玻璃和每一位办业务的叔叔阿姨打招呼，嘘寒问暖，就像家里的亲戚来了一样，看她忙着给叔叔阿姨取钱、存钱，手在计算机键盘上不停地敲打，似乎已经忘了我的存在，看都不看我一眼。我只能偷偷望着柜台里面的妈妈，希望冲我笑一笑，我心里也会很高兴，但是连这点奢望也得不到，她总是很忙，忙得看我一眼的时间都没有。我只能眼巴巴地盼她快一点下班回家，给我做好吃的饭。

有一天我正在做作业，从外面进来一位头发花白的老奶奶，从怀里掏出一个存折要取500元钱，柜台里有个叔叔看了看老奶奶的存折，里面只有5元钱，于是给老奶奶解释存折钱不够，不能取，但是老奶奶听不进去，非要取500元钱，还大声嚷嚷："银行为什么不给取钱，是欺负我乡下的老婆子吗？"营业大厅气氛顿时紧张了起来。

妈妈赶紧来到柜台外面，给老奶奶倒了杯水，让老奶奶先坐下喝口水，然后笑眯眯地说："大娘您不要着急，你取钱拿的这个是低保存折，上面只剩 5 元钱，取不了那么多钱，是不是拿错存折了？"老奶奶说："折子是侄儿早上留下的，要我取 500 元去看病。"妈妈就问她侄儿的电话号码，但老奶奶说不清楚，只知道侄儿在县城的税务局上班，妈妈又问了她侄儿的名字，给县税务局打了好几个电话才联系上老奶奶的侄儿。

过了一会儿，老奶奶的侄儿急匆匆赶来了，对妈妈说："真对不住你们，我寻思我大妈年龄大了，取钱不方便，就想下班自己来取，谁知老人着急拿了领低保的存折来取钱，误会你们了。"

听了侄儿的解释，老奶奶一下转变了态度，拉着妈妈的手连声说："谢谢闺女，实在太谢谢了，我误会你们了！"妈妈回答说："没关系，希望大娘对我们的服务满意，也请您多提宝贵意见！"

一场误会就这样被妈妈化解了，望着老奶奶和她侄儿离去的背影，妈妈开心地笑了，那一脸灿烂的笑容如同盛开的桃花，缩短了人与人之间的距离，融化了心与心的隔阂。

记得有一年冬天，我感冒了好几天，妈妈没时间带我去看医生，于是给我吃了各种各样的药，有一天下午上课时我浑身疼痛，难受得要命，脑子也迷迷糊糊的。老师赶紧打电话给妈妈，妈妈很焦急，但手头工作太忙，一时半刻脱不开身，爸爸又去外地出差没回来，最后还是老师送我去医院打的吊针。

医院里，我躺在病床上，看对面病床的小男孩有妈妈陪在旁边讲故事，我既羡慕又伤心，眼泪哗哗地往外流，想想真的好失望，别人都夸妈妈能干，年纪轻轻就当了网点主任。可在我看来妈妈是个不合格的妈妈，每天早出晚归忙着单位的工作，好不容易有个星期天能够和妈妈在一起，结果她又要去拜访客户，根本就顾不了我。平常如果爸爸出差，中午饭多半是妈妈给钱让我在外面吃，假期经常是将我锁在家里让我吃吃方便面。我都上三年级了，她还一次都没有开过家长会，学校组织的户外亲子活动也没去过，就是晚上陪我做作业，等我要问她不懂的问题时，她已经靠在沙发上睡着了。还有在暑假里，班上其他同学的父母有陪着去上海玩的，有陪着去厦门鼓浪屿玩的，还有的同学爸爸妈妈陪着去成都看熊猫，去北京看升国旗，去敦煌看莫高窟和月牙泉，而妈妈哪都没带我去。我想着暑假里去海边玩玩，但妈妈嘴上答应就是不带我去，眼睁睁看着一个暑假就这么白白过去了，我很伤心，偷偷哭了好几天，后来爸爸知道了，就带我去乡下的奶奶家住了几天，我把心里的所有不快都告诉奶奶了，奶奶也没办法，只好做我喜欢吃的油饼、烤洋芋，想着法儿安慰我。

我一个人躺在病床上，也没个人陪，我越想越伤心，暗自流着泪，哭着哭着也不知道啥时候就睡着了。第二天天亮我醒来，看见妈妈坐在我的病床边静静地注视着我，我又惊又喜，但却装出不高兴的样子，不理妈妈。邻床的阿姨赶紧对我说："孩子，你妈妈晚上来时天很黑了，守了你一夜，眼都没眨一下呢。"我听了很是心疼妈妈，对妈妈的不满一下子消失得无影无踪，妈妈还是爱我的，我说："妈妈，我爱你！"

"5·12"地震，我们县城有房屋倒了，也听同学说山上的石头滚下来砸死了人。那一段时间妈妈就更忙了，她对爸爸说："我们网点分了附近几个乡的灾后重建贷款，必须10天内全部发放到受灾群众的卡上，网点人员紧缺工作任务繁重，计算机24小时不停，人要三班倒才能完成任务，同时还要保证其他的地震捐款、低保、粮食直补等业务正常办理，网点所有人员需要天天加班。"

由于妈妈爸爸忙着灾后重建工作，没人照顾我，有一天我被舅舅直接从校门口接到他家，我就更见不上妈妈了。每天早上上学路过妈妈的网点，都看见门口人很拥挤，已经排了很长的队，我想这么多人要接待，妈妈又是吃不上饭也喝不上水了，但妈妈无论多忙都会微笑着认真为客户服务，用微笑抵挡劳累与疲乏，用微笑感染和鼓励同事努力向前。

在我四年级的那个暑假，放假的第一天就被爸爸送到山后的奶奶家。几天后的"8·8"泥石流特大灾难突如其来，小城一夜之间暴雨倾盆，山崩堤决，泥石狂流，一场特大山洪泥石流在一瞬间撕碎了舟曲县城，让我熟悉的美若江南的家乡变得满目疮痍，曾经的河水清清、山路弯弯、暖风细雨、翠鸟齐鸣、层层叠叠的楼房，一夜入梦已荡然无存，许多人失去家园，一个个生命悄然消逝……

"8·8"泥石流的那天，奶奶急得团团转，白天一整天打不通电话，见人就问："电话能打通吗？家人好着没有？"到了晚上，奶奶终于等到了妈妈的电话，妈妈说她和爸爸都没事，就是舅舅家被泥石流冲毁了，人都没事。妈妈又说单位的几十个叔叔阿姨因为到县城外的山上村子里，给同事奶奶的丧事帮忙而有幸躲过了泥石流的灾难，但是单位也有同事及其亲人在泥石流中去世了。现在泥石流形成的堰塞湖水已逼近县城的营业部，她们要连夜转移资料，让奶奶照顾好自己和我。妈妈说完就挂了电话，也没和我说话，我很失望，心里想着回家就不理她，这个坏妈妈。

　　后来我才从电视上看到我的学校没有了，我家附近的很多院落被夷为平地，泥石流中的大石块冲到白龙江，形成堰塞湖，水在不断上涨，主街道上人们被困在楼上，楼与楼之间是解放军叔叔用皮划艇接送人，运送急需的矿泉水和方便面。每天我都通过电视关注着灾情，看全国爷爷奶奶叔叔阿姨为我的家乡捐款捐物；看近30度的高温下医生护士一遍一遍地消毒；看志愿者为失去家园失去亲人的群众做心理疏导；看一车车救援物资运送到家乡；看一批批救援人员赶来帮助群众搭建帐篷；看妈妈的信用社重建好了没有。我一边看着，一边就不自觉想起妈妈，眼泪忍不住就流下来了……

　　很长的时间没有见到妈妈和爸爸了，我很想念她们，白天晚上都想，有时候想得睡不着觉，直到一个多月以后的一个夜晚，爸爸妈妈回来了，妈妈一见我就把我抱在怀里哭了，我高兴得说不出话来，不停地替妈妈擦眼泪。听妈妈说，从受灾的那晚，她们就开始分组联系联社所有人员，要向上级部门及时汇报联社人员、财产受灾的情况，组织人员清理垃圾、消毒，安置受灾人员吃住。并接到省联社通知，要求县联社所有职工积极组织自救，尽快尽早选一个受灾较轻的网点恢复营业。她们十几个人赶到受灾较轻的妈妈所在的信用社，将堆积在营业室里的淤泥和石块一点一点地用口袋装、用背篓背、用双手刨，搬运档案资料、重要凭证、电脑等物品。在闷热的天气里，大家都累得直不起腰，汗水流进眼睛里，只能用衣袖擦一下。经过36小时的日夜奋战，终于在8月9日中午12时妈妈所在的信用社成为全县第一个恢复营业的金融网点，从早上8点到晚上8点不间断地为灾后群众服务。妈妈还说："我们不容易，但我们值得！"

后来因为泥石流毁了我们的学校，我要转到省城的学校去上学，临走时妈妈送我和爸爸去车站乘车，路上她一遍遍叮嘱我去了新学校要管住自己，听老师的话，好好学习，有时间会去看我。我心里想：妈妈又在骗我，她那么忙，哪有时间看我，我才不信呢！

车快开的时候，我从车窗看见妈妈流着泪朝我挥手告别，我一下子发现妈妈变得又黑又瘦了，看起来不再像以前那么漂亮了，我的眼泪也忍不住地流出来。随着车子的渐行渐远，妈妈在我的泪眼中越来越模糊了，再见了，妈妈，我会记住你的话，在新的学校好好学习，用优异的成绩报答你，将来做一个像你一样对社会有用的人。

★ 载于二〇二二年三月六日《神州文艺》原创平台
在"家风故事"全国有奖征文活动中荣获三等奖

月是故乡明

　　那一夜站在他乡的湖边，看一轮金盘似的明月，天上的月亮在水中，水中的月亮在天上，对影成双相依相成。微风很轻柔地拂过脸庞，远近闪烁的灯光让我迷醉。

　　月是故乡明。当回到住处后，依旧挡不住阵阵对家人的思念，总是挥不去对家人的愧疚。白天繁忙的工作，让我忘却了自己是这座城的匆匆过客，而夜里常常被对亲人的思念所缠绕。对家人的愧疚，对工作的执念，在审计工作的十几年里，终究无法找到一个平衡点。

　　常年奔波在陇原大地的城市和乡村间，无法顾及家人的安康和失落的心情。在异乡的无数个夜里，心里满满装着的都是对家人朋友的愧疚。舍小家顾大家爱社如家真的不容易，狠心抛下病危的母亲毅然决然离去，悄然踏上远去的列车时，泪流满面心碎了一地。自古忠孝不能两全。然后便是母亲的离去和父亲的孤单。但无论如何我总也停不下那奔走的脚步。承诺了多次陪父亲去游他梦中的西湖看烟雨的江南，从来只是承诺而没有兑现，最终成了他无法实现的梦，成了我终身的遗憾。

　　当孩子考入不理想的大学，才想孩子的家长会从来没有自己的身影。没有时间陪伴孩子成长，没有精力给她关爱，没有静下心问过孩子的开心快乐伤心失望。自己生病了，行李箱装一半旅行用品一半药，走一路吃一路，与心痛相比身体的疼痛又能算得了什么？总比那出门需要带电冰箱的同人要方便一点点。常年离家，伤了许多人的心，朋友险遭不测不能相陪，只能打一个电话发一条短信表达关心之情，握手陪伴总比一个电话安慰要真诚得多。忙碌的工作，让友谊越来越淡了。

我义无反顾地坚守在审计工作岗位上，不管世界绚烂多彩，墙外姹紫嫣红，一颗甘于寂寞与清贫的心，长久地定格在审计工作中。做一名合格的审计人，勤奋敬业执着于信念和责任担当，孜孜不倦、默默奉献，用睿智敏思的头脑，坚守无数农信人用勤劳双手创造的财富。

亮一盏灯感动一颗年轻的心。用自己多年的审计工作经验告诉年轻的农信人要懂得"千里之堤溃于蚁穴"，严把风险必须从点滴做起；办理业务一定要牢固树立合规意识，只有细心谨慎规范操作，才能防范风险保护自己。年轻人在我们经验的指导下不断充实完善自己逐渐走向成熟。

"春蚕到死丝方尽，蜡炬成灰泪始干"也是审计人的真实写照。舍小家顾大家就是责任担当，无私奉献。爱社如家何止是奉献自己的青春、奉献一腔热血，更是牺牲家庭的幸福快乐，无法回报父母的养育之恩，置朋友同学的友情于不顾。我无愧于当初的选择，无愧于审计工作的神圣职责，怀揣自己的遗憾扬起骄傲的头继续负重前行。

★ 二〇二二年三月十二日

朝花夕拾

ZGAOHUA XISHI

· 晨雾牧歌 ·

· 高原魂 ·

· 秋 ·

·天凉好个秋·

·一缕阳光·

· 等 ·

·洮河之滨·

· 牧场晚歌 ·

·尔海夕照·

· 飞　翔 ·

· 童 趣 ·

·幸福的日子·

· 又见炊烟 ·

· 雨后碌曲 ·

· 奶茶飘香 ·

无言的结局

1957年的冬季对心蝶来说，实在是太寒冷了，父亲因为在反右运动中受到冲击，全家受株连被下放农村，而母亲死活不愿意离开城市，最终与父亲划清界限而留在城里。心蝶与两个弟弟同父亲带着最简单的行李拉着板车，走了整整七个小时，在夜幕降临时，才到达目的地。他们安置在一个放置着生产农具的仓库里。心蝶面对没有灯、四面都是土墙的屋子，一种说不出的滋味涌上心头。她在油灯下将仓库收拾得像一个家。

农村生活她实在是不能适应，父亲早出晚归要按照生产队的要求挣两分钱的工分，以期年底能分些粮食，两个弟弟还小，全靠她的照顾。每日挑水不但路很远，而且井又特别深，她总又怕又担心。但是每回到井边的时候总有人会帮她，他是来自北京画院的画家，要在这里搞三个月的社教。每回见她都用纯粹又极具磁性的北京话问她许多家里的事，开头心蝶说得很少，只是静静地听他讲，慢慢地也说得多了。后来他说为她画像，她答应了。他说在她家报到的那夜，他已经发现了她有一种高贵的美丽，纯粹的天生丽质，眼睛里有明媚的春天，高巧的鼻梁有天使般的气息，嘴唇散发着草莓的香味，当她走动时两条又黑又长的辫子极富神韵……他曾开玩笑说："你是我梦中的生日蛋糕。"

后来，他说："我该走了，一定要等我来接你！"她点头，但鼻子酸酸的……

他走了三个月后，她出嫁了。那是城里同一巷子的邻居。虽说父亲死活不同意，但男方家来了几拨亲戚，拿着聘礼,说了许多的好话,最终硬逼心蝶表态。心蝶心里一直在等北京的画家,但是自他走后就断了一切音讯,在无望中,她将感情放飞,选择了离开农村。

后来心蝶听进城的父亲悄悄说过,在她出嫁后两个月,那位画家风尘仆仆地回来接她,还说写了不少的信,却总不见回音,所以匆匆安排好一切,特来接她走的,只是他不曾料到……他不甘心地跑到公社里去查,居然8封信全被村支书扣住,准备做退回处理,还强词夺理地说:"与劳动改造犯要断绝关系,不然会影响你的个人前途……"他无言以对。

他走了,带着满心的欢喜而来,又带着终生遗憾而去。

★ 二〇〇二年六月六日

为球迷喝彩

2002 年韩日世界杯开幕后，各支球队如骏马奔驰在绿茵球场，三十二支球队的比赛异常激烈，中国队第一次进入世界杯，中国球迷非常激动，而下一刻谁的眼泪在飞？

中国球迷泪眼迷茫，为一个早已预料会失败的结局奔忙的球迷们，你们执着，你们一往情深，你们彻夜不眠，你们茶饭不思，你们舍家别小，你们将多年的积蓄倾入球场……

为的只是那魂牵梦萦的足球，目睹一场惨烈的失败，三场悲壮的对抗赛，中国队将亿万球迷一个小小的心愿踢得粉碎——只要在世界杯中进一个球就已经知足，但是三场比赛，没有进一个球。

虽然中国足球队在未跨出国门前，亿万球迷已经依稀感觉到中国队最终的比赛结果，但是许许多多的球迷仍然抱着一线希望，盼望发生奇迹，为这支刚刚冲出亚洲走向世界的年轻的球队呐喊助威。昨天、今天、明天……中国足球在前进，中国的少年足球在准备着，中国的女子足球虽然只有短暂的辉煌，但已证明了中国人的实力，所以满含眼泪的中国球迷，怀着一颗赤诚的心，在汉城的体育馆里，大声为中国队加油，尽管今天中国足球没有进球，但是，总会有那么一天，将在中国的夜空中回响着我们赢了的欢呼声。

中国足球因为有了亿万的球迷，不再显得寂寞。中国球队在不断地努力着，为着关心和爱护过他们的人们。中国球员在球场上奋力拼搏着，希望、期待、汗水、泪水交织在绿茵场上。

虽然中国球迷的眼泪在汉城的空中飞舞，虽然你们落寞地离开了足球场，但是你们是好样的，我为你们而感动，你们为中国的足球走出国门、冲出亚洲，努力着、奔走着，你们将中国足球的点点希望装在了心里，期待着胜利的曙光从东方升起。

★ 二〇〇二年六月二十六日

快乐者与不幸者

快乐的人就如小草，无论身在何处，只要有阳光有泥土有水分，他就可以健康快乐地生活。

不幸的人就如玫瑰，生长在花园里，有充足的阳光肥料，有无数羡慕的眼光和赞美，只是她依旧不快乐。

快乐的人很平和地看世界，不刻意为金钱、功名、利禄拼命算计，不为得到的扬扬得意，不为失去的耿耿于怀，只为享受一份平静。

快乐因你的心灵追求而定，不幸也因你的理想而得。如果没有一颗自然纯真的心，面对纷扰多变的世界，即使你得到了整个世界，但你会快乐吗？

生活本身就是脚踏实地面对简单的日子，过平凡的生活，用勤奋改写人生轨迹，在历经磨难后成就别样的人生价值。

★ 二〇〇二年八月十六日

没有落叶的秋天

　　小小的山城，有一个街道上秋天没有了落叶，因为很多的树已经被一棵一棵地砍去。看到倒下的树躺在路边，我有种心碎的感觉，因为那些白杨树是我们一棵一棵种的，从很远的河边抬了水浇的，眼看着他们一天一天长大。

　　这个秋天只有苍凉的风吹动了许多尘土，许多的花花草草在厚厚的尘土下，失去鲜亮的颜色。大自然赋予我们的蔚蓝的天空，渐渐发黄的草原，火红的晚霞，灿烂的星空也都掩埋在灰蒙蒙的风沙之中。城里的人们渐渐失去了对秋天的感觉，渐渐冷却了对秋天的记忆和向往。

　　难道真的有一天，当给孩子们讲起蓝天、白云的时候，只能用各种美丽的图片解释？

　　曾经的秋天，落叶飘满所有的马路。一片一片树叶随着阵阵秋风，慢慢悠悠地在空中飞舞着，如蝶之美丽如燕之轻巧，显得极为端庄而秀丽。它们随风飘落，随遇而安，无论落在哪里，都能笑对生命的灿烂。

　　秋天的落叶，为人们描绘一幅斑斓的秋色图，让人们在享受美的同时，感受到岁月的静好。生如夏花之灿烂，死如秋叶之静美，无论是落叶还是鲜花，曾经绚丽过、辉煌过，那么已全部释解生命的意义，一生了无遗憾。

　　　　　　　　　　　　　　　　　　★ 二〇〇二年十二月二十六日

星光灿烂的夜空

　　夏日黑蓝黑蓝的夜空，一轮满月爬过山头，璀璨的星星眨着小眼睛，似在与关心她的人诉说银河系的秘密。城市间的人们，看多了用七彩灯光点缀的夜空，忘却了月光的诗意，忘却了星光闪烁的温情，过早学会了将心收缩到贝壳里，将生命的辉煌用水晶点缀，将目光聚焦到荧光屏中，将理想挂靠在风中，将自己个性收缩到了谁也触摸不到的地方……

　　人们心里的空间早早地被许多的歌星、影星占据，失去了自己的星空，心灵的空间失去了春天的清风朗月，失去了夏天的闪亮热烈，失去了秋天的壮丽灿烂，失去了冬天的沉寂辽阔。一路跟着感觉出发，一心抓住时尚的尾巴，拼命将自己排在前卫的队伍。人人得到了许多，同样又失去了许多。虽然甘心与不甘心上升又沉没，从起点出发又回到了终点，到了最后才发觉，原来是一个无奈的结局。努力者、奋斗者都疲惫了，每当梦醒时分，依然一轮淡淡的月亮相伴，满夜的星空依然璀璨无比，此时的你才蓦然发觉，真的冷落了清风朗月，茫然地追索多年之后，自己真正拥有多少？

　　当许多人用心努力地去解读多变的世界，用许多的时尚精心装点自己，为能追随一种潮流而兴奋，为一种得不到的希望而无奈，为找不到自己的世界而茫然，为昨天还是聚焦的重点，而今天居然被人们忘却，为世界变化太快痛苦万分，只是留下长久的无奈。都市人的苦恼总装在心里，不敢告诉朋友、家人，苦涩的心总是放在精美的贝壳里，已经不习惯打开窗户说亮话，而愿意沉醉在酒杯里的恭维声中。

其实苦恼人的笑是有注解的，花红一时，人能幸运一生？完美固然最好，缺憾难道不是生命？月有阴晴圆缺，人有悲欢离合，如果我们懂得黑暗的忧郁和沉默，学会珍惜星光灿烂的夜空，那么我们的生命就会多一些色彩，多一些美丽，多一些空间，多一些留恋。

瞭望浩瀚无边的星空，总会找到属于自己的一颗理想之星。这颗星会照亮你前进的心路，陪你经历平凡或辉煌的一生。

★ 二〇〇三年三月二十四日

特别的春天

这是一个特别的春天，在这个有"非典"的春天，人们真正感觉到亲情、健康、平安，才是真的幸福。许多人改变以往的习惯，宁愿待在家里翻开相册，回忆曾经的往事。许多电视迷可以大饱眼福，中央台全是热闹节目。非常时期，光盘生意特别火爆。喜好旅游的人们，宁愿躲在方寸天地，在网上寻找美丽的目的地。以往呼朋唤友爱热闹的时尚达人，已经不敢到人群之中显山露水，悄悄躲进自己小小之家。

自从有了"非典"，人们一下子开始注意饮食的科学性，注意身体的健康，注意环境卫生，注重洗澡、通风、透气、晨练……此时，居住在西部偏僻县城的人们心里有一点自豪，这里才有真正的新鲜空气，无污染的草原，可以杀菌的强紫外线……在这里，可以自由自在地行走，无忧无虑地生活，这足以让大城市的人们羡慕不已。

正是这个特别的春天，我们感受到了危难之中见真情，在没有硝烟的战场上，医生成为维护人民生命安全的卫士，他们不畏死亡，用血肉构筑起护卫生命的绿色屏障，无私地将爱奉献给病人。厚重的隔离服却挡不住白衣天使火热的心，所有的人被温暖了、被感动了。开始的慌乱因为有生命卫士的坚守而烟消云散。

★ 二〇〇三年五月二十七日

雪

　　雪是草原最美的装饰，一场雪给苍茫大地披上一件厚厚的银狐大衣，让喧闹嘈杂、纷纷扰扰的世间万物一夜之间变成梦幻般的童话世界，千般妩媚，万种风情，天地一色，洁白无瑕，粉妆玉砌，银装素裹，玉树琼花，分外妖娆。

　　下一场雪，需要准备多久？雪花为在凡间留下惊鸿一瞥，出门前总是精心梳妆，发髻上插满饰品，闪耀着银色的光芒。雪花装扮得玲珑剔透，争奇斗艳，玉洁冰清，千姿百态，相约从天空奔向大地，共赴一场盛宴。下雪让天空如烟似雾般的迷茫，怅然若失，没有了表情。

　　趁着夜色，雪花撩起白裙，在空中轻盈地飞舞，一簇簇悠然而舞，一朵一朵蹁跹起舞，摇曳旋转，婀娜多姿，如绒花若鹅毛，飘飘悠悠，寻寻觅觅，百转千回，落向何处？短暂的盛舞之后，便是永生的沉寂。雪花柔软的身无声无息地落在等待已久的一片叶上，融化成一滴泪，打湿了叶的心，拥抱后永远守候，不离不弃，就此践行同生共死的诺言。雪融化，叶腐烂，孕育来年春天的草儿发芽。

　　雪让黑夜泛着白光，让白天更加有了情趣。雪给落了叶，光秃的白杨树换了一身洁白的纱衣，她们玉树琼枝，亭亭玉立，在路旁河边恣意地大秀曼妙的身姿。雪给苍郁的松穿一身银装，他们愈发显得高耸，坚挺的身躯露出斑驳的绿葱肌肤，展现出军人般的威仪和无畏寒风、不惧冷酷的精神气。

远山舞动着银蛇般的臂膀，指挥着一个庞大的合唱团，草原、河流、屋顶、马路统一换了银装，共同歌唱雪域交响曲。远山忘却了在丛林中生活的野鸡日子艰难，不得已冒险飞落在村庄附近的树上觅食。草原上白茫茫，不见鸟雀的踪影，草芽宝宝们安详地睡着，等待春姑娘来临了自然醒的那天。河流在白雪中显一段隐藏一段，清凉的河水在雪下冰层里依旧一路歌唱，蜿蜒流向草原深处。屋顶上厚厚的雪包裹着温暖的屋子，炊烟袅袅升起，唱着小曲升腾弥漫于天空。雪地上留下一串串深深浅浅大大小小的脚印，证明我们走过弯弯曲曲的路，这是生命历程的真实写照。

　　风吹起树梢的雪，凉凉如沙拂面而来，轻柔地抚摸着我，我不忍心抖落围巾上的雪，就让它慢慢化成珍珠般晶莹的水珠，渗入围巾。我收起有雪无痕的围巾，将这份美好珍藏。我踏着咯吱咯吱的雪去学校。校园里旗杆上的那面红旗更加鲜艳。各教室的门前早已堆起大大的雪人，如各班的形象代言人，憨态可掬，有笑眯眯的小可爱，睁着黑黑的大眼睛，戴着小红帽；有温文尔雅的绅士，挂一副眼镜，戴着礼帽，拄着手杖；有勤快的小主人，戴着小草帽，手里拿一把扫帚……我们趁着人少去操场，在雪花织成的软绵绵的银色地毯上打几个滚，拂去我们身上的尘埃，不枉一场雪的降临。

　　下课铃声响起，所有同学涌出教室，拿着大块的雪，追逐打雪仗，一个雪球打落校长的眼镜，大家四散而逃。在雪中忘情的嬉闹，总觉课间休息时间太短，居然有同学将大块的雪藏到课桌里，上课老师在黑板写字，就有小雪球在教室里飞过，老师淡定地说："谁喜欢雪就出去玩，可以不辜负一场雪带给我们的快乐，但是上课时间必须专心听讲。"调皮的同学都不敢也不愿伤老师的那一片苦心。

　　之后，在阳光的照耀下，晶莹的雪慢慢消瘦，融化成水，洗去凡间的尘土污浊，或渗入大地，或变作雾或升腾消失。雪花清清白白地来，干干净净地去。我们年华易逝，人生易老，让一场雪净化一路风尘，多些清欢，少些世俗，来得飘逸，去得从容。

★ 二○二二年十一月二十五日

朝花夕拾

以梦为马

岁月匆匆，往事如梦。三年，疫情浪费了我们很多时间。经历三个非常的寒冬，我们幡然悔悟，懂得生命的价值，亲情的珍贵，友情的可贵，学会面对生活中的困难，比以往更加爱惜身体。

一万次的睡梦里，我们希望总有惊喜驻足在未来的日子里，炊烟醇香，美酒酣畅，情深意切，天长地久。我们盼望诗与远方，在夜色茫茫的城市，望那一弯月儿、闪闪星光，看一窗寂寞的灯火；遥望冬天一场雪后银装素裹的城市，看窗外一缕明媚的阳光下，喜悦的人们自由自在地行走在街头，去想去的地方，见想见的人，感受亲情的温暖。

新年第一缕阳光照在桌上新换的台历上，我们都长了一岁，又有了 365 个崭新的日子，每一个日子都似一粒闪着光亮的金豆子，谁也不多谁也不少，妥妥地装进我们心里。时光交替，日月轮回，时间一天一天急急地去了，直到画上句号，成为去年。

从新年的第一天开始，我不再觉得自己是拥有很多时间的富翁。常言道"少壮不努力，老大徒伤悲"，不再年轻的我们，如果懒惰地过日子，自己将在一瞬即逝的时光里颓废得一文不值。如果我们选择在艰难中努力向梦想奔跑，相信总会用时间把梦想打磨得更加光亮。彗星虽然无法拥有太阳的光芒、月亮的皎洁，但聚集所有能量化作一束光划过夜空，以此告慰自己终将逝去的生命。

新年我们要格外珍惜春夏秋冬四季。我们不负春光无限：冰雪融化，河水潺潺，梨花白了，山绿了，春意盎然，生机勃勃，万紫千红，莺歌燕舞。我们珍视炎炎夏日：荷叶绿成一片，荷花露出绯红的笑脸，在沉寂的夜空下，坐在河堤上听蛙声一片。我们驱车欣赏秋色的山，色彩斑斓，层林尽染，看田野麦穗点着沉甸甸的头，路旁大片的园林瓜果飘香，人们掩不住收获幸福的笑脸。冬天在大雪飘扬中，我们盘点着四季的如意，留下的遗憾，总结这一年辛勤的成果。

新年以梦为马。心灵的沉浮容易让我们变得碌碌无为，一生如过眼烟云，最后只有悔恨。我们在努力抗拒生活的侵蚀中，一点点熄灭自信的光芒。经历岁月沧桑之后，我们只有耐得住寂寞才能坚守住梦想。我们必须学会在忙碌中积蓄能量，在点滴的时光中孕育梦想的枝丫，燃烧生命，积攒力量。努力的人生是百味杂陈，多数时间我们都在纠结与无趣的煎熬中度过，熬过无数个不眠之夜，梦想之树才发芽、长大、开花、结果。谁的人生都不是随随便便就能成功的，机会是留给有准备的人，你准备好了吗？

新年我们预备给自己一个闪光的回眸，做一个小小的规划，不让自己又虚度一年，双手空空，一无所获。我们要给生活加压，让自己在有烟火气的日子多一些精神的升华，在忙碌的工作中有梦想的种子生根发芽。我们过好人生，留一颗闪着光亮的珍珠，附着我们一年里每一天的美好记忆，努力让一生成为一串精美的珍珠项链，至于珍珠的数量多少没有关系。留给世界一件珍品，不枉人生这一世。

拾级而上，在平凡中找寻诗意的人生，让阳光照亮心中的梦想，开出鲜花，装点心灵花园。

★ 二〇二三年一月十三日

朝花夕拾

131

盛夏的花朵

许多的日子，坐看街上游动的花朵——每一把撑开的花伞，总在无声地诉说着一份特别的情绪。看那渐渐远去的花朵，读那份特别的美丽，想着许许多多与伞有关的故事，有一种酒醉入梦的感觉。美丽的小伞，将一个平常的城市装扮得美丽动人，小伞如同灰色城市之中游动的花朵，让耸立的高楼和川流不息的人流多了些色彩，多了一份动人的温暖。

我们的城市天天在变，楼高了，水泥地平整了，人们的鞋子干净了，但是我们需要的天空渐渐变小了，空气里飘荡的汽油味道总不太好闻，镶嵌在高楼上大块的玻璃将人们的目光隔断，也让许多心灵失去了放飞的天空。

虽然旅游业日渐发达，可是能潇洒的人毕竟不多，许多人正在拼命奔忙，为心里那个小小的梦，为生命的价值，为生命的延续。此时许多背负沉重的心，需要的是一方宁静、一点安全、一丝关爱、一份温暖……

当你累了想哭的时候，一定记得给自己买一把美丽的伞，它能遮风挡雨守护你的心灵，还能装点美丽的世界。一把美丽的小伞，能撑起一片美丽的天空。雨天，它可以给伞下的人一片纯净，烈日下，它可以给伞下的人一份阴凉。它可以让穿裙子的女人多一份古典的神韵，让小孩子多一份七彩的梦想，让老人们多一份安详和希望。

★ 载于二〇〇四年八月八日《甘南报》

风铃声声

　　风铃是风的使者，风铃声是风在歌唱。在那些正当好的岁月，风铃陪伴我度过快乐美好的童年时光。叮当叮当的风铃声在我耳边萦绕，挥之不去，不露痕迹地潜藏在我心底，成了扎根于心的思乡曲。无论我身在千里之外，还是游走于万里之遥，它常常勾起我对故乡的无限眷恋，只偶然触碰就让乡愁一发不可收。

　　曾经的往事在记忆中沉淀，留下清晰的痕迹。武威钟鼓楼内悬挂着一口造型雄伟的唐钟，我曾听到过钟声响起，在凉州城的上空久久萦绕，余音袅袅。钟楼外二层翘起的四角檐上挂着风铃。爷爷的老院子在钟鼓楼东边，我在院子里就能听到轻柔的风铃声。在风和日丽的春天，微风吹过，风铃发出叮当叮当有节拍的曼妙声音，似慢四步的舞曲徘徊缠绵。到了秋天，遇上雷雨天气，风铃被狂风吹得发出叮叮当当的声音，显得散乱急促没有章法。

　　回望故乡，总有千丝万缕的思绪涌上心头。曾经蹒跚的我脸上洋溢着幸福的笑，在清脆的风铃声中无忧无虑地度过童年。早起，阵阵微风吹过，我踩着风铃的叮当叮当声走出院门，过了钟鼓楼就到学校，开启一天的学习生活。周末，我匆匆吃了晚饭，带着小板凳去向阳院，去听参加抗美援朝的英雄讲故事。在一个暑假我与小伙伴去了乡下，返回时我们抱着老乡送的大西瓜，迷失在乡间小路。当时我想：如果回不了家，我就让捡到我们的人把我们送到能听到钟鼓楼风铃声的爷爷家。

夏日晚风吹过，小巷院落里处处炊烟袅袅。钟鼓楼转角的那片空地恰似一个天然小广场，每天小巷里的大人小孩上演着快乐的独幕剧。那口有辘轳的老井，尽显百年沧桑，总不忘显摆养育过十几代人的丰功伟绩。在那两棵上百年的大槐树下，老头老太太们吃过晚饭，带个小马扎，摇着芭蕉扇围坐，互相寒暄问候，家长里短聊天，吹牛斗嘴，打趣说笑。

夜幕来临，繁星闪烁，一轮圆月高挂树梢。偶然有飞机嗡嗡的声音，一束光划过天空。孩子们忘情地玩耍，捉迷藏、跳皮筋、老鹰抓小鸡，嬉笑声声，或远或近，热闹非凡。此时钟鼓楼的风铃声好似不经意的凑趣，不紧不慢地窃窃浅笑，叮当叮当轻慢的节拍，如舞台的背景音乐若有若无。夜深人静，人们渐渐散去，风铃声轻柔的叮当叮当声似催眠曲，让回家的人们做个美梦。

长大后我去异乡工作生活，漂泊奔忙，在得与失中寻找平衡点，工作的辛苦与心酸交织着对家人的牵肠挂肚。寂寞时只有心中的风铃声相伴，不离不弃。前年假期，我和家人去成都周边的休闲度假村，偌大的园林空旷寂静，游人寥寥无几。我随意走到一处"听风林隐"景观，那里有长方形的平台四面围布，四角缀着风铃。久违的风铃声，声声入耳，好似来自故乡的召唤。每一缕清风吹过，风铃声如同风的抚摸、风的期望，触碰到我脆弱的心房，那里积满了痛和泪，以及对生命的茫然和惆怅。此时此刻远游千里他乡，似乡音，又似知音，风铃声给予我心灵慰藉，让我释然，从此不再彷徨。

默数指尖滑落的时光，在远游或客居他乡的岁月，总也绕不开对故乡山水的牵挂。我为其自豪过多年的故土，厚重到我轻易不敢触摸。曾经极尽繁华，马车交错。凉州词传诵千年，从这里传唱到四面八方。我抬头仰望祁连山顶的雪，将山和雪当作我生命的依靠和渊源。我常年在草原、丛林中兜兜转转，在沙漠绿洲中寻寻觅觅，终将思乡情酝酿成一杯淡淡的乡愁。

斗转星移，日月轮回，故乡如放风筝的那双手，无论我走了多久，去了多远，它总会收起放飞的线，让游子的心想起生养过的地方。风铃声是召唤我回家的声音，每逢春节我带着大包小包从远方归来，回故乡陪父母过年，好奇的出租车司机问我是哪里人时，我羞愧地用普通话回答是"外地的武威人"。每每遇到这种尴尬的事情时，我总是思绪万千，脑海里闪过贺知章的诗句："少小离家老大回，乡音无改鬓毛衰。儿童相见不相识，笑问客从何处来？"诗人的乡音无改，而我呢？

离开故乡的日子久了，再回故乡时老屋、古树、老井已被夷为平地，钟鼓楼更加苍凉和孤单。我醉心的风铃早已不在，风铃声只能永久地珍藏在心中。我等待这片规划已久的老城区旧貌换新颜，也等待钟鼓楼再响起叮当叮当的风铃声。

★ 原载于二〇二二年十二月十九日《神州文艺》原创平台、
二〇二三年一月十二日《湛江日报》

世界有多大，女人的舞台就有多大

很小的时候看过著名女作家萧红的《小团圆媳妇》，书中有这样一句话："女人的天空是低矮的。"当时很不理解。随着年龄的增长，读过了《红楼梦》《孔雀东南飞》《桃花扇》《早春二月》……从书中的每一位女性的生活细节，感觉到几千年的封建思想统治下的中国妇女的生活状态，真的很悲惨！我们能体会到，男权统治下的社会，女人只是一个附属品，没有完整的人格，没有社会地位，唯一能做的是"三从四德"，生儿育女，伺候公婆和丈夫，没有自己的思想，整个社会崇尚一种"女子无才便是德"的旧思想，牢牢将女性踩在夫权的脚下。从历史上许许多多女性悲惨的命运中，了解到生活在封建社会的女性们生命的挣扎，如蔡文姬、李清照、阮玲玉等，她们再有才华、再怎么付出真情，无论多么崇高、对生活多么执着，但与社会的抗争最终都以失败告终。

柏杨先生曾说"女人的脸涂之抹之，女人的腰束之裹之，女人的脚包之裹之"，结果是女人所有的一切，只为取悦男人的欢心，得到一种生命的延续。而作为人所具备的自尊、自爱、自立、自强被剥夺、被摧残，终其一生过的是一种残缺不全的生活，无论你多么优秀、多么有才华都得不到社会公正的评价，都不能体现女人的人生价值和地位。

记得小时候曾经陪伴小脚的太奶奶吃力地走在宽宽的马路上，总嫌太奶奶摇摇晃晃走不动，奇怪太奶奶的脚为什么像"粽子"一样。长大后终于明白，自己是生在新中国、长在红旗下幸运的一代，是自主自立的一代，不再是被几千年封建陋习摧残的牺牲品。新中国改变了整个中华民族女性的生活。

社会的进步与民主、平等密不可分，世界在变化，国家在发展，社会的进步又表现在女性地位的提高，平等竞争的世界，到底谁是弱者？当中国的《妇女权益保障法》出台，表明国家从政治权利、经济、文化、社会和家庭生活都以法律的形式保障妇女的权益与男子平等，处处体现着民主与平等，只有男人称英雄的时代已经画了一个句号，女人半边天的作用显得越来越重要。

女性的解放，使社会整体素质快速提高，从而促进了整个民族的进步。中国的妇女有了在政治舞台上抛头露面的机会，国家的每一个行业每一个角落，都有女性的身影匆匆忙碌着。

是的，当生命有了保障，人们开始珍视生命，生命的意义变得更加耀眼。当妇女的权益得到保障，妇女从此开始珍视自己、爱护自己，学会用法律维护自己的权益，妇女接受高等教育，在重要岗位所作的贡献越来越大，花木兰替父从军一枝独秀的时代离我们越来越远。女人在政治、经济、商业领域中争奇斗艳百花齐放，尽显当代女性的风采，当中国男子足球队始终在国门徘徊时，女子足球队却已走上世界之巅，向世界证明中国女性的伟大。

世界有多大，女人的舞台就有多大。中国在进步，可以从中国女人的脚看起，一双穿绣花鞋的三寸金莲，不为走路只为好看，不为自立和生存，只为成为一个不折不扣的附属品，在没有平等和保障的社会背景下，一旦被休，结果肯定极其悲惨。看看穿高跟鞋的女人，时装与色彩点缀，虽然脚步匆匆，但其中的从容与摇曳多姿，展示的是自尊、自信、自立、自强。继续看穿旅游鞋的女人，一身休闲的牛仔装束，迈着大步一个人周游世界，显现着热爱生命和生活的炽热心情，在最为艰苦的非洲沙漠里生活，寻求美丽的梦想，在欧洲国家学习、拼搏，追寻生命的真谛，生活在太平洋彼岸的女人，尽显中国人的智慧，开创属于自己的天地。

放眼世界，世界的舞台向所有的女性开放，女性可以尽情绽放自己的才智、尽情发挥自己的能力，来证明半边天的力量。今天，女人与男人站在同一条起跑线上，共同为创造一个灿烂美丽的世界而奋勇前进。

★ 载于二○○六年十一月二日《甘南报》

等那一树
紫藤花开

父爱如山

　　曾经的这里是一片空阔的草原，稀疏的只有几处院落，山边有几个藏族小村庄。20 世纪 60 年代初，五湖四海的热血青年，响应号召支援大西北，来到祖国最需要的地方——甘南，他们被分配到不同单位从事不同的职业，他们建工厂、建医院、建学校，用勤劳的双手建起一座小小的草原新城。

　　城里政府的家属大院，院里住着几十户人家，他们辛勤工作，艰苦生活。四四方方的院落的西北有一栋拐角楼。拐角楼里住着十几户人家。小冉的父亲在印刷厂工作，工资不到六十元，除了家里六口人的开销，每两个月总要给山西农村老家的爷爷奶奶寄去二十元，生活比较困难。他父母精打细算才能保障全家人的基本生活。但他父亲每月会省吃俭用挤出钱给儿子买上一本书，每年订一份报纸、一份杂志。小冉为此特别感激父亲，因为他看过的故事书多，班主任老师特别看重他，每到周五下午班会，老师总结班里一周的情况后，总要点名让他给同学们讲故事，他非常荣幸地成为班上的故事大王，并为此自豪很多年。

　　多年之后许多小学同学虽忘记了他的名字，却记住了"故事大王"的称号，在物资匮乏的那个年代，由于父亲买的书和杂志，他比别人多了一个了解世界的窗口。小冉养成了爱读书的好习惯。读书让他懂得真、善、美，理解生命的价值和意义，让他明白人在经历重重困难后，必须要有坚强的意志和坚定的信念，才能把握好人生的方向，不会沉沦于浮躁的世界。书伴随着他快乐成长，让他找到自己的梦想，考上心目中理想的学校，当过老师，做了编辑，很多年以后出版了多本诗集，已经是省城里的文化名人。

晓 Q 是大院里备受大家关注的孩子，从小聪明伶俐人见人爱。他父亲在外贸公司工作，大院里的人想买自行车、缝纫机、电视机之类的就会找他父亲帮忙。他父亲头脑灵活，改革开放初期就看中时机，往西藏、青海运输酥油、木材，不几年就成了万元户。他父亲觉得钱可以让儿子过上最幸福的生活。晓 Q 很小的时候就过着让邻居小孩羡慕的生活，吃穿用的东西多是从省城带来的。

晓 Q 的身边总是有许多同学围着，一起玩一起闹一起吃一起喝。他家有车子有票子，他在父母的宠爱中不曾受过半点委屈。

匆匆多少年后，当晓 Q 父亲因为生意的失败，不再拥有很多钱的时候，他希望儿子能够自力更生勤俭持家，但是只会花钱的儿子如何承受？他也尝试开过餐厅、开过农家乐，都因为经营不善而倒闭。曾经一起吃喝玩乐的哥们儿，现在对他冷嘲热讽，许多同学因为看不惯他的骄蛮，更是老早不相往来。他的快乐和幸福因钱的多少而决定，他无法接受没有钱的现实，渐渐地，他选择了在酒瓶里寻求未来的幸福。

同样的儿子，同样的父爱如山，不同的人生观造就不同的人和生活。愿父爱能帮助孩子从小树立正确的人生观，引导孩子勇于面对挫折与困难。

★ 二〇〇六年八月十六日

放飞风筝

风中摇曳着你的丰姿，手中牵着你的生命线。你飘在湛蓝的天空，带去我的万千思绪。

风筝有着单纯的志向，任一根线掌控在人们的手中，线放多长，她飞多高，无忧无虑，自由翱翔，任由轻风抚慰，阳光温暖。当晴空万里，白云飘飘，轻风吹过风筝的那份惬意、快乐、无忧无虑总让脚步匆匆的人羡慕不已。

风筝能放飞很高，可我们的心情却无论如何也不能放下承载着生活的重量展翅飞翔。许多的美好、亲情和爱在我们不经意中悄悄逝去，生命中许多有意义的事从我们眼前消失，多少美好时光，成了过眼烟云，一去不复返。无奈我们匆忙的脚步，行走在林立的高楼之间，飞速的车流，载着急切想要成功的心，穿梭在快速通道奔向下一个目标，奔波的人们永远没有时间停下脚步欣赏春天的一片新绿、夏日的雨后彩虹、秋收的硕果累累、冬日的白雪皑皑。

此时突然发现，许多人在网络上遨游，找到了风筝飘起的感觉，天高任鸟飞，海阔凭鱼跃。在宽阔的世界，你、我、他可以放飞心情，畅游春天。网络连接了世界，联结了无数颗心，同时粘连了许多的幸福，二十世纪的许多浪漫在此翻版，现实中找不到自己的人生目标、没有方向感的新一代，沉迷在网络之中，放飞自己的心，实现自己的虚幻梦想。在风和日丽的日子里感觉不到温暖，只愿意在一个虚拟的网络世界中找寻真诚和快乐。

风筝线握在人手中，随风吹向天空，而我们的快乐、幸福同样留在我们的心灵深处，只是被我们忘却，人们的心距离从此远了。我们明明需要温暖，却愿意整天坐在冰冷的电脑旁，愿意在虚拟的电子游戏中度过一天。需要关怀，却不愿意找点时间与朋友走在乡间的小路上，任轻风吹散自己的长发，让温暖的阳光洒在身上，让没有温度的心变暖。

风筝有自己的天空，我们有自己的生活，生活虽然辛苦，心依然需要快乐，网络固然便捷，沉沦于虚拟世界，终究会被现实抛弃。我们学会感觉，寻找美丽、快乐、幸福，学会放飞心情，用心、用真诚的付出感受温暖、感觉爱，多好！

★ 载于二〇一〇年三月《甘肃信合》

等那一树

紫藤花开

一缕阳光

当冬日漫漫无边，有一缕阳光，寂静的山野就有了温暖的色彩。当白雪遮盖了大地，有一缕阳光，结冰的河床便开始消融。春天的脚步悄悄靠近了。

一缕阳光使黑暗有了希望。漆黑的长夜漫无边际，总怀着希望急切地等待黑夜与白昼交替。当第一缕阳光，拉开了夜幕，将昨天的磨难、遭遇留在夜的那一边，就此删除所有的烦恼和不快乐。美好崭新的一天将重新开始，人们继续向梦想出发。

一缕阳光温暖你寂寞的心。你孤单行走在陌生的城市，淡淡的伤感涌上心头。当一缕阳光拉长了你的身影，缩短了你与陌生城市的距离，你便可以感受到她风情万种的魅力。当你旅途中百无聊赖，一缕阳光照进车窗，暖暖地洒在身上，就此疲倦的心感觉很温暖，回家的路虽然遥远，但亲人的爱意纷纷涌上心头，回家真好，阳光真可爱！

一缕阳光改变生命的轨迹。当孩子拿了一纸小小的奖状，那是他努力的结晶和学校对他的肯定，爸爸的一句赞扬或许给他一个未来的期许，从此改变一个生命的历程。当孩子伤心地落泪了，也许只为一个小组长的竞选失败，妈妈的一个拥抱给他坚强的勇气，从此他学会微笑着面对艰难险阻。

一缕阳光散发爱的光芒。分担是照亮朋友心路的一缕阳光，关爱是心灵的暖流。当朋友遭遇不幸，你放下手中的一切去问候、去资助、去陪伴他走过艰难的一程，朋友就不再觉得没有肩膀扛不住的困难，没有生活不可逾越的沟壑。当心里装满朋友的关爱，便可以坦荡荡地面对所有生命中给予的悲与喜，将生活的磨难转换成一笔财富，由爱的力量铸就的钢铁意志，抵挡得了千军万马的侵袭……

一缕阳光让世界更美好。当人们历经人世间的悲欢离合、喜怒哀乐，因一缕阳光，愈合心灵的伤口，抚慰绝望的伤痛，让多少迷茫的眼睛看清世界的美丽，多少灰心的人儿再找回初心。

一缕阳光让生命更精彩。花朵在园中绽放，垂柳在风里飘荡，麦苗在田间私语，牛羊在坡上散步，鸟雀在树枝歌唱，鸭鹅在塘心凫水。一缕阳光，让小孩子的笑脸更加灿烂，让年轻人的脚步更加轻快，老婆婆的扇子舞风姿更优雅，老爷子的太极拳气度更潇洒……

★ 载于二〇一二年十一月《甘肃信合》

花开花落花满天

这样一个多雪又寒冷的冬天，人们期待春天的心情总是那么急切，总盼望春暖花香的日子早一些到来。春节与家人的团圆，感受到了久违的那份暖暖的亲情，相聚的日子就那么匆匆地走过，之后记忆深处只留下元宵节的焰火。

在元宵节的那一夜，沉寂已久的夜幕下，人们不约而同相聚在兰州南滨河路的水车园旁，欣赏焰火晚会。黑色的夜闪亮着烟花妩媚的火光。焰火若流星，若火树银花，又似飞流瀑布，让人们眼花缭乱。牡丹、玫瑰、菊花状的烟花，轮番登场，层层叠叠盛开，花朵五颜六色，格外绚丽多彩……烟花绚丽地开了，又静静地消失在天的一边，虽然只有短暂的一瞬间，但它的美丽久久盛开在我们心间。

生命之花何尝不是如此，在浩瀚的宇宙中，也就昙花一现。短暂人生，时常交替着悲欢离合，各种重负之下，常常人在旅途，心在漂泊。在起起伏伏的生命历程中，看淡许多无奈，许多忧伤，能生如夏花之灿烂，就算生命短暂，过程美丽就足够了。无论花开几时，无论花谢何方，只要心中充满希望之花，在世事沉浮中没有被淹没，在世俗中能拥有那一份清静、淡泊，那么在山重水复疑无路的纠结后，柳暗花明又一村的景致一定会在下一个转弯处。在漫漫路上，面对灰飞烟灭的尘埃，一笑而过，潇洒而去，努力坚持梦想才有最后收获的喜悦。

生命之花有快乐、无奈、幸福、忧伤。虽然人生历程中走向成功的路上布满荆棘，一路雪雨，一路风尘，一路寂寞，一路波折，每一步都在艰难中前行。生命征程中如果梦想是心底的一树花，悄悄生根发芽，当希望的阳光照亮，你用努力浇灌，用勤奋耕耘，梦想之花总会在心中绽放，开满心田。当你无助的时候，实现梦想坚定的信念如一双温柔的手牵着你前行，为梦执着坚守，总有一份不期而遇的喜悦为你准备，努力之后梦想会照进现实。

花样年华，总以为999朵玫瑰最能代表爱情的长久，看花人满眼的玫瑰，可否读懂每朵花的心事？花开花落终有时，然而只要心灵富足，只拥有一朵玫瑰便可拥有一个花开花满天的心灵世界。相信春去春来春常在，春天将常驻于心田。我们没有理由怀疑追梦的日子里努力会付诸东流水，为心中的梦想而自强不息，总会厚积薄发，一飞冲天。春暖花香的日子真的快到了！

★ 载于二〇一二年四月《甘肃信合》

你安好，我晴天

　　新年第一缕阳光照在人们身上，清新的空气里散发着浓浓的年味，预示生命中一段新的旅程重新开启，将过往所有的喜怒哀乐定格，分割了幸福与心痛，将美好留在了记忆深处，感伤与不快乐被彻底删除。千里之外亲人或朋友的第一声问候温暖你的整个心。从新年的这一天开始所有的人都愿意将未来的日子重新设定，希望自己的日子是幸福的、温暖的、富足的，是安心安然安逸的，是吉祥如意圆满的，是美好浪漫快乐的……

　　新年的钟声响起，让人们想起许许多多，问幸福在哪里？以为做一个幸福的人有一所房子，面朝大海春暖花开，喂马、劈柴，关心粮食和蔬菜，以为健康平安相亲相爱周游世界是真的幸福了。真的幸福其实很简单，从容地过平静的日子，随意地干想干的事，拥有健康快乐的生活，能有生命中最重要的人陪伴，悠然穿梭在小桥流水人家的小巷中，听隐隐约约的二胡声，这样难道不是幸福吗……

　　曾经的日子悄悄地走了，匆匆的脚步依旧没有改变，我们依然在一个城市和另一个城市间穿梭，不知该停靠在哪个港湾。看太阳升起夕阳西下，看摩天广厦万家灯火，看天高云淡黄河流水，看车水马龙人来人往，在熟悉与陌生的人群中，记忆沉淀了，往事如烟了，离开故乡了，心开始漂泊了。笑了哭了，慢慢地有些忘了自己，仿佛忙碌是我们唯一的生活方式。别过许多陌生或熟悉的人给予的关爱和感动，收藏起亲人朋友给予的点点滴滴的快乐，让心在温暖中度过一个寒冷的冬天，直到草长莺飞的日子到来。重新踏上新的旅程，开始新一轮的奔波。

与亲人朋友在一起的日子一去便不再重来。大家都忙着为美好人生而奋斗，不再有酒逢知己千杯少后的相视一笑，无法在一杯茶的清香中慢慢诉说彼此的得意与失意，无法在一盘摆满黑白子的棋盘中找到自己的心路，无法收回心思在父亲收藏了几十年的影集中找到自己过去的影子，无法耐心听母亲唠叨老邻居或远房亲戚的好与坏……

年轻时可以流浪在世界的任何一个角落，可以不那么在乎亲人朋友的牵挂，任由自己天马行空，任由心在风中飞扬，梦在空中舞。总以为来日方长，何须今日匆匆。亲人渐渐老去，真的是见一面少一面，朋友说等忙完这阵子聚聚，却突然英年早逝。亲人朋友天天见是千年机缘，不期而遇的意外会将彼此隔开再难聚首，这给忙于奔波的心平添了许多感伤、郁闷和无奈！

无论我们身在何处，都不曾孤单过，亲人在默默牵挂惦念，朋友在真诚祈祷祝福，温暖盛满在彼此的心间。长相忆，勿相忘，无论你是忙或是闲，在路上奔波或是在海边度假，如意或是失意，亲人朋友一生都与你相伴。真心想对亲人朋友说声多保重，你们安好我便晴天！

★ 二〇二二年六月三十日

放飞自己的梦

梦想是什么？梦想是让你感到幸福快乐的东西，是人们心中永远不变的对未来的美好希望。一个小小的美梦能够坚定人们对生活的信念，为生命之树点缀繁花，是心中最亮丽的一道彩虹，让每一个人生活充满阳光。

每个人在童年时代心里都会有美丽的梦想，并且这个梦想会伴随我们走过许多年，陪伴我们度过许多寂寞、孤单、快乐、幸福的时光。铅华洗尽，繁华过后，历经漫长的生命历程后，能将梦想坚守到底的人，终会在不懈努力后将梦放飞天空，当许多年之后回头望，你因梦想成真而自豪了、充实了、幸福了、满足了，梦想的价值就是在不经意间成就美丽人生。

诗人的梦是面朝大海春暖花开，站在海滩对涛声、海鸥诉说沉寂已久的心声；作家的梦里花落知多少，神雕英雄自由穿越在西域苍茫戈壁滩上笑傲江湖；画家的梦在一张白纸上用色彩展现花朵的千姿百态，山河的壮丽妩媚，人物的传奇神韵，动物的活灵活现，让白纸充满了生命和活力；摄影师的梦在方寸镜头下，直白而清晰地记录着时代变迁，世间的人情冷暖，色彩斑斓的美丽世界，春夏秋冬的轮回；音乐家的梦用音符谱写人生的快乐或忧伤；孩子的梦是长大之后报效祖国、功成名就，让父母过上安然安逸安定的生活；父母的梦总是望子成龙凤，过无忧无虑的幸福生活，奔赴美好前程……

似水流年，往事如烟，坚守一个小小的梦那么的不容易。时间守着守着，就匆匆过了，等我们渐渐长大了、成熟了、有经历了，梦总会因一千个、一万个理由随时间的磨砺在不经意中渐渐被忘却。终于有一日突然发现，生命中最重要的是不懈努力，看似简单平凡的日子里的点滴积累，最终会使梦想成真。

每个人都在努力追求生命的辉煌，在价值对比中不停地选择或放弃。生命的历程中梦被网络侵蚀复制，将别人的梦复制成了自己的梦，生活在自己的生活中追寻别人的梦，让简单的生活变得碌碌无为，让自己真心所想在是是非非中无法辨别，虽然富有了、让人羡慕了，但不快乐了、失落了、更加郁闷了……

追梦人追的是一个小小的目标，追梦人的一份美好心愿让漫漫的人生变得富足，让沉闷的生活有了亮点，让许许多多的日子变成记忆中最美的剪影。虽然浮世千重变，人生叹苦短，你的一生却因梦而划过一道亮丽的轨迹。梦许是一缕阳光温暖人间、一轮满月诉说悲欢、一树绿撑起一片阴凉、一朵花绽放情怀、一寸草装点生机勃勃的土地……

为梦想努力，不负韶华，这样的人生一定很美，人生可以是简单的可以是平凡的，但人生更该是灿烂的、浪漫的，可以因为一个平凡的梦，让生命多一重色彩、多一份留恋、多一些回忆。好好拥有自己的生活放飞自己的梦，让梦成就自己的别样人生。

★ 载于二〇一四年四月《甘肃信合》

幸福的日子

我们的生命经过几十个春夏秋冬，经历无数个黑夜白昼，从出生到老去，从一个起点走向终点，不同的生命历程造就不同的人生。

既然我们来到这个世界，就认真地过好每一天，用最好的心情迎接每一天，用心感受生机勃勃的大自然，感受阳光普照大地的暖意，感受日月轮回沧海桑田的变化。让几经风雨累了的心豁然开朗，删除分割曾经的心痛，重新设定保存美好，努力让短暂的人生多一些幸福快乐，努力让匆匆的日子事事如意，努力让每一个夜安然入眠⋯⋯

把美好的日子铭记在心底里。等我们长大后才懂得，幸福时光就在温暖的家里。远方的关怀和牵挂那么的重要，亲情给予我们的幸福时光，每一个日子都阳光灿烂，每一个日子都是暖心的、平静的、快乐的。无数寂静的夜听父亲从故乡起源说到未来，时时有邻家孩子的吉他和歌声相伴。盼望爷爷的香烟早点抽完，买香烟的零钱让我富足好久。看父亲珍藏了多年的影集，寻找姊妹们渐渐长大的身影。听母亲唠叨邻居或亲戚们的家常，心里盘算过年的新衣和鞋子。大家在一起的日子那么的美好，温暖从一只手传递到另一只手，父母的关怀总在心里萦绕，相依相伴简单平静的生活我们从容走过。当我们长大了离开了，父母无法割舍的目光一直追随而去⋯⋯

把美好的日子印刻在脑海里。等我们历经沧桑后，才懂得幸福时光永久留在老照片里。曾经的凉州鼓楼钟声与欢快的风铃声回荡在心底。曾经小巷的那一树桃花和那口古井，以及老槐树下老人的窃窃私语，巷子深处回荡的小孩戏耍声，向阳院里的歌声笑声已深深定格在记忆深处……

把美好的日子收藏在行囊里。等我们漂泊之后，才懂得简单的纯洁的亲情和友情是我们快乐的源泉。曾经的同学手牵着手悠然穿梭在小桥流水的街道，听着隐隐约约的胡琴声，让四季的风景衬托倩影。曾经的我们在春暖花香的季节里，随意驻足收藏快乐，在千朵万朵的花香中沉醉，为杜鹃花开满山坡而赞叹不已……

把美好的日子留在远行的路上。等我们离家之后，才懂得一路走一路风景。匆匆的脚步穿行在一个城市与另一个城市之间，看春暖花开秋落叶，看老街变迁旧的往事新的坐标，看城市广场河边垂柳，看乡村新树发芽繁花似锦，看雪花飘扬天地白茫茫一片，看山乡夜景明月高挂，让心灵沉醉宁静如夏。

把幸福的日子留在梦里。等我们经历孤单后，刻骨铭心的幸福日子就这么简单，是父母用心付出后的那份暖意，轻轻滑过手心，连接理解与包容，让心感动，让泪流满面。好想念那简单的白天和黑夜交替，快乐而安然的日子……

把幸福的日子放飞到天空。等我们慢慢老了，才懂得心与心的牵挂让许多的日子如风筝般美丽。幸福真的只是远方一声乡音的问候，让我笑了哭了感动了幸福了知足了也快乐了。

无论我们如意或是不遂心，始终有朋友远方的牵挂，传递着那份关爱，让距离遥远的心与心慢慢靠近。收纳幸福的问候，收藏美好的记忆，潇洒走过跌宕起伏的人生……

★ 载于二〇一六年第一期《甘肃银行业》

等那一树紫藤花开

对紫藤花的恋恋不舍，缘于对一个城市的记忆。我曾经在临夏工作生活了两年，因为那里的牡丹花长廊和绚烂的紫藤花留在记忆深处，所以想为那些美好的日子留下只言片语。

多年前一个偶然的机会去了临夏的亲戚家，看到整个院落被紫藤覆盖着，紫藤的枝干由下往上长，攀缘在屋顶的架子上，如葡萄般的紫藤花花穗一串串倒挂着，紫中带蓝，灿若云霞，在阳光下闪烁着紫色的光芒，将人整个身心笼罩在淡淡的芬芳中，瞬间沉醉在她的婆娑柔美之中。一个紫色的世界那么安静，隔断了院外的喧嚣，让我们忘记所有尘世间的烦恼。从此后，紫藤花就成了我心里的那一点朱砂，让我朝思暮想，如痴如醉。

我开始盼望五月的到来，别人为牡丹的国色天香所陶醉，愿意做牡丹花下的风流鬼，但我在欣赏了千姿百态妩媚娇艳的牡丹后，心里依旧挂念那一树如穿了纱裙的紫藤，想念李白的《紫藤树》："紫藤挂云木，花蔓宜阳春。密叶隐歌鸟，香风留美人。"

几年间紫藤花开正好的五月，总是出门在远方，总是错过在最好的时间欣赏她最美的容颜，总是紧赶慢赶只看到快谢了的紫藤，紫色如洗白了越来越浅，看时已是白色的花朵，在风中静等我的归来。毕竟是一年才盛开一次，无论是盛开着的紫藤或是快要凋谢的紫藤，在我心里是一样的灿烂美丽。每次都用手机拍了照片，发朋友圈告诉所有人我看了紫藤，就如见到我天天念叨的那个梦中人，见面的激动开心或是幸福快乐都想与朋友分享。

今年我早早地准备，就为等那一树紫藤花开。原想我能在紫藤树下静静坐会儿，深情地叙叙心事，告诉她这一刻我等了很久。但等把所有的家事处理好又是迟迟才到。当看到已然泛白的紫藤花，心里有点点愧疚，有点点无奈，有点点伤感。她是一直在等我的，而我未如约而来，她只好在枝头为我留了几朵绚丽的紫藤花，了却我长久以来的心愿。谁等谁都是那么不易，想见与见得到都难，都需要彼此专注执着坚守，需要历练磨难忍耐，需要修得千年等一回的缘分。

年年岁岁花相似，岁岁年年人不同。希望明年紫藤盛开时我不再错过，能隆重地静等如风铃般的那树紫藤花开。串串花蕊在清风中摇曳，我能听得到紫藤花的私语，我想告诉所有相爱的人紫藤的花语：沉迷的爱，醉人的恋情，依依的思念。若美丽的新娘穿着洁白的婚纱与新郎牵手在紫藤花下诚心祈祷，一定会得到紫藤精灵的祝福。

★ 荣获"甘肃农信杯"庆祝改革开放 40 周年主题征文大赛优秀奖

茶的时光里

喜欢在寂静的日子里，在一杯茶的时光里静等花开，坐在树下看落叶飘飘扬扬。喜欢春天的丁香花飘过后，就着花香让茶醉了心脾。喜欢夏日的雨夜与茶共度，听窗外雨打芭蕉，声声表露思念的心声。喜欢阵阵秋风吹过，听风声诉说与叶相恋的故事。淡然等待冬季的到来，以平和的心态回味自己一年的快乐或不如意、收获或失去。

孤单的时候有茶相伴。春天绵绵细雨中，在屋内烧一壶滚烫的开水，泡一杯清香怡人的菊花茶，让茶杯中的气息升腾慢慢温暖整个屋子，喝到嘴里的茶会让所有的孤单释然，突然就没有了想落泪的感觉。有茶有音乐相伴，共度一个简单的日子，平淡平静没有了负担，只让对远方家人的思念，溶解在淡淡的茶水里，心结渐渐被融化。无数次我拖着行李箱远行，冬天去了苍凉的河西走廊，寒冷的戈壁滩飞沙走石，汽车被风吹着只能在路上缓慢地行驶，好不容易回到宾馆，用异乡的水泡一杯家乡的茶，赶紧缓解异常紧张的心情，驱散那习惯了的孤独感。冬天到了冰冷的南方，被空调吹得太久，喝一杯茶温暖自己。不禁特别怀念在高原山城和小伙伴们一起，围坐在茶炉旁喝奶茶的时光，在回味童年的往事中渐渐进入梦乡。

快乐的时候有茶相伴。对家乡的记忆是武威公园门口茶摊的大碗茶，男女老少都喜欢的那一种。在酷暑难耐的夏日里，喝上一碗大碗茶，特别解渴。将很便宜的茯茶，用大茶壶煮开，用粗糙的大碗盛放，茶客坐在躺椅上，摇着芭蕉扇慢慢喝着，顺便听邻座的人用方言讲传闻趣事，吹牛也罢，说笑也好，一碗接一碗直喝到肚子咕咕唱歌才罢。

　　失落的时候有茶相伴。记忆最为深刻的一杯茶是在南京城里喝到有家乡味道的茶。我们一家三口找到东乡老板开的一家兰州牛肉面馆，吃了一碗不太地道的牛肉面，可喝到的茶让我终生难忘。那茶是粗制的一块钱能买一铁锨的春尖茶，用带把的玻璃茶杯盛，用滚烫的开水泡，淡淡的苦和若有若无的香，让心突然有了回家的感觉，顿时在距家千里的地方，为一杯茶而感动。从此出门就要带上喜欢的茶，游走四方。

　　寒冷的冬日里有茶的温暖。在兰州城里坐了十多站的公交车，终于见到久别的朋友。她拿出珍藏了很久平日里舍不得喝的茶，烧水，洗杯，郑重地端到茶几上。一杯热茶暖了手也暖了心，将所有的寒冷疲惫驱走。她说朋友自远方来不亦乐乎，以茶表示自己的心意，又讲了茶的特殊来历。茶杯上飘的热气带着主人诚挚的关爱，茶香沁人心脾，感动在我心里慢慢升腾。

　　奶茶里有故乡的味道。当你走到一望无际的草原，如珍珠般的白色帐篷点缀在绿色的草地上，湛蓝的天空白云朵朵，有幸到热情好客的藏族朋友帐篷做客，总会有香甜可口的酥油奶茶招待你。新鲜的牛奶、大茶和着酥油用茶壶在小火炉上熬成，加了盐的奶茶奶香味溢满整个帐篷。你喝着奶茶感觉像在家里，感受到的是亲人般淳朴善良真诚的心，瞬间会忘记旅途的疲惫和身心的漂泊。

　　让生命的每一天有茶相伴，让许多的不如意因一杯茶而释然。清晨让一杯飘香的茶洗涤沉睡后的倦意，整理好我们的心情，为一天的行程快乐出发，在太阳升起的每一个崭新的日子里，从一杯茶开始一天崭新的生活。

★ 载于二〇一九年第四期《甘肃银行业》

致已逝去的青春

　　当我们走过人生的辉煌，经历人生跌宕起伏的岁月后，蓦然回首几十年已悄然逝去。春风依旧如期而至，秋色迟暮物是人非，生活的变迁改变了我们的容颜，各种的不适接踵而来，发鬓斑白容颜渐老，步履不再矫健，身体发福变形。有心的同学建了微信群，把生活在各地的甘南同学联系到一起，大家在群里说着地道的家乡话，发着来自远方的问候，忘却了曾经的风雨吹走的梦想，仿佛又回到了从前，回到青春年少不知愁滋味的快乐时光。

　　我们的青春岁月如诗。曾经的幸福快乐一直静静流淌在我们心灵深处。冬天去上学的路上踩过厚厚的积雪，身后留下一串串脚印。教室外堆起的雪人戴着草帽，一双黑黑的大眼睛，微微的红唇一直在笑。我们下课后的一场雪球战总是围绕着雪人开始，手里拿雪球追逐前面的同学，冷不丁飞过的雪球打到自己脸上，嬉笑声中上课的铃声已响起。夏日明媚的阳光下，我们去森林野营，行走在河边的绿草地上，看紫色的马兰花开，感受鸟语花香的世界。我们在树林里找一片草地席地而坐，一颗话梅糖、一片面包、一杯水就足够展望未来，梦想人生辉煌的时刻。我们在小河边嬉戏追逐，水打湿了衣裳后就晾在草地上，让微风轻轻吹干。傍晚我们看着夕阳西下，晚霞映红山的那一边，等待白天落幕黑夜来临。夏日的夜空旷又深情，天空中一轮明月高挂，夜幕下的草原显得沉静辽阔，我们围绕着燃起的篝火，随着音乐的节拍跳起欢快的锅庄舞，笑声阵阵随微风传到远方。帐篷的灯光闪烁，散落在树林当中，好客的藏族大妈大叔热情地为远方客人倒着奶茶，讲述关于格萨尔王的故事。远处的树荫下有人吉他伴奏引吭高歌，没有点评没有掌声，在寂静的山野回荡，心灵与空谷共鸣。

我们的青春岁月如画。山城四面环山风景如画，处处绿意盎然，一条小河穿城而过，小桥点缀在弯弯的河上，远望有森林，有四季不融化的雪山。夏日里牛羊点缀在绿草地上，白云镶嵌在蓝天上。我们就生活在这青山绿水之间。伤心时可对山诉说那份伤痛，快乐时可以用歌声传递要飞的心情。我们用色彩斑斓的服装装点街道，展现靓丽的青春。街上流行红裙子、街上流行黄蝙蝠衫、街上流行海军蓝，山城的姑娘就会美美地晒。校园男生模仿琼瑶片的男一号，学绅士样穿着西装显得很帅，引得女生窃窃私语。男生也因为太夸张的喇叭裤和长头发，受老师和校长的批评。还有男生因践行约定，踢足球失败的一方剃了光头，成了全校的笑话。

我们的青春岁月如歌。青春少年风华正茂，花季少女天真烂漫。封闭的山城总挡不住新事物的冲击。那首程琳的吉他弹唱《童年》，表白我们心不在焉上课的那一刻。邓丽君甜美的歌声醉倒许多的男生女生，让情窦初开的我们争相模仿。校园礼堂费翔的《冬天里的一把火》，男同学到如今都在炫耀他的活力四射，让很多姑娘暗恋送了秋波。小虎队青春之火燃烧我们的热情，听歌不足以过瘾，在笔记本上抄了歌词，贴了偶像的照片珍藏。齐秦的《北方的狼》成了男生晚自习回家路上的必备，每每走出校门到寂静的街道上唱，显得悠远苍凉悲情，让女生沉醉不知归路。每当五四青年节到来，学校组织迪斯科比赛，在崔健的摇滚声中迪斯科的舞步潇洒自如，展示着那个时代特有的青春活力，让保守的父辈批评着不屑着也慢慢接受着。

我们的青春岁月如痴。萌动的青春使我们很是任性，也许我们的天空不大，只从电视电影书中寻找到了生活的真善美、辨别爱恨情仇。电视剧中霍元甲、陈真的飒爽英姿和铁骨铮铮让我们又激动又振奋。载歌载舞的巴基斯坦影片，有漂亮的纱丽和爱憎分明善恶有报的结局，这让我们懂得善良是人世间最美的人性。看电影《我是一片云》，林青霞和秦汉那相视一笑，便使纯真的爱情在无数女生心中扎了根。读《射雕英雄传》东邪西毒、南帝北丐，仰慕行侠仗义的英雄郭靖，斥责阴狠邪恶的梅超风……应届的文科班同学在临近高考的一学期里传阅读完琼瑶的言情小说，读书的年龄读的书，与考试没有丝毫关系，最后高考的结果不堪回首，让一群快乐不知北的我们傻了眼，对老师的辛勤培养和父母的殷切期待充满深深的愧疚。

人生转瞬即逝，生命长短不一。在最美好的年华里，我们拥有一段如诗如画，开心快乐，刻骨铭心的记忆。弹指一挥间，我们的青春从容而淡定地远去了，去得没有了踪影。我们在曲折坎坷的人生路上，以梦为马，不负韶华，也是对青春最好的告白！

★ 二〇二二年九月二十一日

朝花夕拾

一台老式收音机

在我家客厅博古架最显眼的地方，摆放着一台父亲曾经爱不释手的上海牌收音机。这台收音机，伴随父亲走过了六十年的岁月风霜，也伴随我走过快乐的童年时光。正是这台承载着岁月印记的"古董"，终于在历经诸多周折和磨难之后"来"到了我家。如今，这台显得"过时"又"落伍"的老古董，依然能收听到中央及许多地方电台节目，只是音质比当年逊色了许多。尤其是在互联网、新媒体盛行的今天，无所不能的手机早已具备了收音机、电视机、录音机、照相机的功能，老古董也只能当作家传的纪念品收藏了，但它曾经的奢华和典雅依然能勾起我许多美好的记忆。

这台收音机是父亲的最爱。听他说，1963年，正值我国经济困难时期，当时的物资十分匮乏，在地处偏远的小山城，现如今老百姓根本瞧不上眼的自行车和缝纫机当时都是凭票供应的大件。小城民贸公司就来了一台价格一百五十多元的上海牌收音机，却不用凭票购买，这让月工资三十多元的普通人和有四个孩子的父母望而却步的"奢侈品"，我的父亲硬是东拼西借、节衣缩食地添置了。

因为这台收音机的缘故，傍晚，我家总是很热闹，小小的家里挤满了人，显得其乐融融。父亲的同事朋友有事没事就来听广播，顺便带些饼干或糖果给我们小孩吃，他们还可以在下围棋或象棋的闲暇，听着广播里的新闻，谈论着国家大事，交谈工作上的喜悦和辛酸，聊聊各自的家常，气氛异常活跃。每逢国家有重要活动时，父亲的收音机就会用自行车驮到单位，成为集体学习的工具，这让父亲很是自豪。

小山城的春天来得迟，去得早。每年农历五月杨树才会发芽。草绿花艳、羊肥牛壮的季节，在草原却有点奢望，因为它的"保鲜期"实在太短。一到九月，满街的杨树落叶迎风飘扬，季节又似轮回到漫漫冬季。小山城雨雪的日子太多，孩子们的生活多半在有火炉的小屋里度过。只要完成老师布置的作业，在闲暇无聊的时刻，我们最惬意的就是打开收音机，收听好听的音乐和长篇小说。

有收音机相伴的童年时光快乐无比。当时，听收音机远比今天玩手机要快乐得多。每晚七点半，"滴滴答""滴滴答"小喇叭节目准时开始，家中的姊妹就都安静地听收音机里最美的儿歌、最美的故事；有时躺在床上，欣赏侯宝林、马三立的相声，在笑声里感悟人生的快乐与无奈；也收听盲人阿炳的《二泉映月》，感受那份湖光山色里的惊艳和悲凉；听才旦卓玛的《唱支山歌给党听》，能深切感受到她所展露出的真情。收音机就如同一扇通向外面的窗户，让我们了解和认识了大千世界。

遥想当年收听小喇叭节目的时光，没有奔波与分离，没有烦恼与忧愁，只有父母守护下的平安和健康，那着实是人生中最美好的时光。如今听收音机依然是我的最爱，有它，可以打发许多闲暇，可以梳理万千思绪，可以了解国际大事，有时还可以点播自己喜爱的节目，在倾情陶醉中追忆人生路上的磕磕绊绊……收音机，让我懂得珍惜，更懂得舍得。我想，此生，我与你的缘分，定将绵绵无期，永无止境。

★ 二〇二二年八月二十四日

朝花夕拾

我的"就地过年"

2021 的春节，注定又是一个不平凡的节日。吉林、河北等地出现多名无症状感染者，意味着新冠病毒卷土重来。

"不远行，不回家，就地过年"的号召使很多远在异乡工作的人们不再规划春节回家的时间和路线，在异乡漂泊那种归心似箭的心情停顿了，又平添了一层层淡淡的乡愁。火车站、汽车站没有了人来人往的嘈杂声和赶路的身影，飞机场没有背包提行李的熙攘人群，热门的北上广飞机票打折后便宜到几百块钱。公路上再也看不见往年浩浩荡荡回家的摩托车队。高速路畅通无比，任由你信马由缰东西南北跑，也不会为堵车着急上火情绪激动。

远离家乡，在兰州过一个安静祥和的年，想家的时候用微信发出远隔千里的问候和祝福，用小小的快递传递对家的挂念，那包裹中的兰州百合是送给远方亲人朋友美好的祝愿："阖家欢乐、平安健康幸福"。

新年临近，大街上人们来来往往，准备春联，准备给孩子们的红包，准备糖果和新鲜的蔬菜。花市就更为热闹，人们挑选自己喜欢的花卉，准备给身处异乡的自己一份春天的喜悦和畅快的心情。

这个春节似乎可以放鞭炮，但稀疏的鞭炮声已与小时候此起彼伏震耳欲聋的鞭炮声相差甚远，人们渐渐地习惯了过年没有鞭炮。天气晴朗时就去黄河边走走，看那河水悠悠东流，看那夕阳缓缓西下，看那满天星光闪烁，看那河边激情欢唱的人群，感受他们快乐的同时找寻自己的快乐。

一个人的春节，虽然孤单但也不寂寞，逛街、购物、吃饭、看电视、刷朋友圈，就这么优哉游哉。有时候也看看书，看书困了的时候倚窗看风景，看那夜幕降临，华灯闪烁，看那层层叠叠的楼房，那每一扇亮灯的窗，一定有一个幸福的故事和幸福的一家人，他们或许在聚餐、看电视、做游戏，在享受美好的新春夜晚。

回忆这些年，我们风雨兼程，一路走来，只顾低头负重前行，而忘了抬头看风景，错过那么多有趣的事和值得怀念的人。当静下心时发现生活中处处闪耀着美丽斑斓的色彩。这个与往年不同的春节，闭着眼睛细细地体味少有的安静，在街边人们轻盈的脚步中体味快乐，在超市购物人群的热情中体味喜悦，在夜晚街边高挂的花灯里体味美好，在繁花锦簇的花市中体味春的来临，在不时闪耀的烟花里体味岁月静好。

这样过年也好……

★ 载于二〇二一年四月《甘肃信合》

朝
花
夕
拾

群主"清雅"

　　秋天如期而至，北燕南飞，菊花盛开，层林尽染，美丽的金城处处色彩斑斓，让人赏心悦目，流连忘返。然而我们还没有来得及踏上兴隆山看秋霜后的漫山红遍，没来得及同兰州理工大学飘落的银杏叶翩翩起舞，没来得及与黄河上空南归的大雁道别，这个秋季就突然间黯淡了。来势迅猛的疫情让人们猝不及防，一时间彻底打乱了我们的学习、工作和生活。全市人民积极投入抗疫队伍中，一场阻击病毒的没有硝烟的战争拉开了序幕。

　　此时此刻，我们小区住户似乎没有丝毫防备。小区的住户来自全国各地，都是近几年才陆续搬进来的。邻居虽住楼上楼下，左邻右舍门靠门，门对门距离极近，但交往极少，平日里人们都是匆匆忙忙地来去，住户之间的交流沟通基本靠物业公司建的小区微信群，大家平时在群里提提意见，有时物业人员会发一些通知或者有人转发一些文章、制度、规定。大家虽然交流得不多，但我每天还是有意无意地要看几次小区群动态。而恰恰就在疫情来临之际，物业公司将所建的交流群突然解散，这让小区两栋楼的住户都有些措手不及，大家失去了交流和商量探讨的平台，平时没有熟悉的人，啥情况都不知道。

　　由于疫情防控需要，单位通知开启居家办公模式。待在家里翻看着手机推送的最新资讯，防控办要求全员做核酸。我便戴上口罩，出门去采样点做核酸，路过小区大门的时候，门口张贴着一个小区群的二维码，我便拿出手机扫码加进去了，加群后常常看到"清雅"在群里与物业公司协商管理不足的问题，要求物业公司给楼层电梯、楼道、院子、大门做好消毒，每部电梯配纸巾、废纸篓等。

有住户在群里反映做核酸时，发现物业防疫口罩、消毒液、酒精等防疫用品严重不足，存在很大的风险隐患，疫情期间职守人员吃饭也是个大问题。"清雅"便在群里倡议小区住户献爱心为物业捐款，买防护口罩、消毒液和方便面。

组织捐款非常顺利，住户纷纷解囊，用微信红包将100元、200元发给群内指定的联系人。很快大家捐了几千块钱，但捐完款有住户就有想法了，要求群主必须要亮明自己的身份，说明捐款的真实目的，认为群主就是物业人员，有骗钱的嫌疑。有住户说物业公司收这么高的物业费，防疫用品该是物业公司自己的事，等等。群里总是七嘴八舌，吵嚷个不停。这让最初大家商量好买防护用品、方便面的事暂时搁浅。

群主"清雅"一时陷入两难，退款吧，前面商量好的事后面没法落实，对联系货物的人员和物业人员来说是言而无信；不退吧，部分捐款的住户又有很大意见，还有很多误解。

在大家讨论不休之时，有住户出面解释，明确群主"清雅"并非物业公司人员，并向大家说明"清雅"建群的目的就是组织大家齐心协力，抗击新冠肺炎疫情，保护小区每一位人员免受病毒侵害。至此，各位邻居慢慢不再怀疑，开始支持群主献爱心工作。购买爱心物资前，群里反复核对了住户的捐款金额，并由各住户回复确定无误后，由爱心住户联系购买20箱方便面、3000个口罩、12箱酒精及消毒液，捐赠给小区物业人员抗疫专用。

"清雅"所建的这个微信群为社区的住户提供了方便，从第一次全市通知做核酸，住户不知道归哪个社区管，不知道去哪里做，不知道社区的时间安排，很多人在楼下聚集互相打听情况，出门去做核酸排队没有保持一米的距离，到建群后第二次做核酸时，志愿者在群里公布信息，今天去哪个区做，明天几点下楼做，人们井然有序地按时间点下楼，不用排长队，更不拥挤。若有住户孩子上网课，耽误了做核酸，志愿者就在群里提示到社区去做。志愿者还及时在群里推送兰州市的疫情管控文件，检测呈阳性人员流动轨迹，指导大家做好个人防护。建群后有人更加操心小区的环境，邻居遇到困难都会通过群里热心邻居的帮助，及时得到解决，有住户不知道小区管控后，去哪里买菜买生活用品，有人便推送网上购物信息。

疫情无情人有情，秋风霜寒心连心。群主建群捐款事小，为民服务事大。通过建群交流、组织捐款抗疫等事宜，群主"清雅"已经得到小区住户们的一致好评。

当我浏览群信息的时候，发现了住户代表给物业捐献物品时的照片，那是一个熟悉的面孔，我的同事"清雅"，我深深地被感动了，"清雅"作为甘肃农信一名老党员，不管在工作还是日常生活中，无时无刻不体现着敢为人先、勇于担当、无私奉献的精神，在群众遇到困难时，能够发挥共产党员的先进模范作用，身先士卒，不怕吃苦，克服困难，组织大家共同抗疫。

希望疫情的阴霾早日过去，也希望我们身边涌现出越来越多像"清雅"这样的党员，大家拧成一股绳，齐心聚力，努力营造我们美好的家园。

★ 二〇二二年六月三十日

生命的舞蹈

难得的周末，我和老公到朋友家道喜，他家娶了儿媳，他做了公公。前去贺喜或帮忙的亲朋好友络绎不绝，楼道里屋里屋外人来人往很是热闹。这很多的人中，我只认识朋友和他的妻子。我坐在沙发上静静地听别人谈笑，时而点头表示赞同，时而嗑嗑瓜子或吃点水果。

过了一会儿，从里间屋里出来一位看似七十多岁的老妇人，个子不高，头发半白，留了很整齐的短发，两耳侧面用黑色的小钢卡别着碎头发。朋友的媳妇赶忙给大家介绍说："这是我婆婆！"大家纷纷起身道喜："恭喜老人家娶孙媳妇！祝愿您健康长寿，早日当太奶奶！"老人家笑眯眯地说："谢谢！谢谢！我身子骨还硬朗，也盼着早点抱重孙子呢！"人逢喜事精神爽，老人家高兴地说："你们聊着，我去跳舞了！"朋友赶忙说："妈，今天人多就不跳舞了吧！"她说："好，好，好，今儿高兴不跳舞了！"边说边走到阳台边上的小沙发坐下。我想，今天老太太娶孙媳妇了，是太高兴了才要跳舞的，就是不知道最简单的广场舞她能跟上节奏吗？正好我过去和老太太聊聊天，问一问她在哪里跳舞。

于是我坐到她旁边的小凳上，听她用地道的甘谷话说事，其实她说十来句，我只能猜出一两句，多数是看她说我只点头，看她笑我就跟着笑。正说着，一位三十多岁的小伙子过来添茶水，她给我介绍说："这是甘谷老家邻居，儿女都不在身边时，他照顾我们老两口很多年，帮了很多忙，这次我娶孙媳妇他是专门从甘谷赶过来帮忙的，小伙子勤快，忠厚老实，人特别好！"我说："现在这样的人已经很少能遇上了，遇上是缘分和福气！"

她说自己没念过书，新中国成立后上扫盲班和夜校，学会了写自己的名字和毛主席万岁、中华人民共和国、工人、农民等为数不多的一些字，但她很用功，能背诵许多毛主席语录，还能背诵陈毅元帅的"大雪压青松，青松挺且直。要知松高洁，待到雪化时"。她年轻时经历解放初期的艰苦岁月，她对生活的理解就是国家和个人在遇到艰难困苦时，只要坚持、坚强、勇敢，就能够排除万难，取得胜利。

聊了一会儿，她说自己跳舞跳习惯了，闲坐下心里很着急，现在要去跳舞了，我赶忙笑着说："我可以陪你去！"她说："不用啦，我现在就可以跳舞。"于是她到阳台的那台老式的蜜蜂牌缝纫机旁的方凳上坐下，顺手从缝纫机旁的篮子里拿出已经粘贴好的鞋垫，开始修剪，然后很熟练地开始轧鞋垫，缝纫机嗡嗡的声音像唱歌，线一圈一圈地走在鞋垫上，她边轧鞋垫，边说这是她的"舞蹈"。她说自己十几岁就被招到甘谷县缝纫厂工作，三十多年学会在缝纫机上"跳舞"。她在缝纫厂里很努力，工作最认真，缝纫技术好，效率最高，后来还当了厂长。如今退休在家，除了照顾孙子，有空余时间就在缝纫机上"跳舞"。她用小区布料店老板送的布头，粘贴修剪轧成鞋垫，大部分让邻居送去了福利院，少部分送了朋友。她说自己老了，但眼睛极好。我看她在缝纫机上穿针引线的速度确实极快，她年轻时候肯定是凭那双好眼睛和娴熟的缝纫技术从组长升到厂长的。

她边与我聊天，边"跳"她的"舞蹈"，双脚踩踏板，在阵阵如蜜蜂嗡嗡的伴奏声中，双眼紧盯缝纫机面板上的针头，双手抓住鞋垫有节奏地移动，针带着线顺着鞋垫在飞速转动绕圈，我看到美妙的"舞蹈"，特别羡慕其中的快乐与自得。她在与我聊天的时间里，已经轧好了一双鞋垫，她将她的作品很开心地送给了我。我心里无比佩服一位年近八旬的老人在她小小的"舞台"上，执着于她的"舞姿"，从早到晚，缝纫不辍，乐此不疲。她的幸福写在笑脸上，额头层层的皱纹之下，一双明亮的小眼睛，微微上扬的嘴角，笑得很开心，像盛开着的桃花，醉了自己也感染了我。

知足常乐应该是这个样子，在喧嚣纷扰的生活中找到了精神的超脱，内心永远是沉静纯净快乐的。生命经过苦难和沧桑之后，脸上只有知足和恬然的微笑。她身上彰显出中国母亲吃苦耐劳，乐于奉献，深明大义，洞晓事理的一种朴素的情怀，她以自己的坚韧刚强，乐观豁达，超凡的勤勤恳恳，任劳任怨，为国家尽全力奉献绵薄的力量，为家庭支撑起了一片生活的蓝天。她让我懂得人要寻找属于自己生命的舞台和快乐的舞蹈，让一个普通人的生命历程，在努力和坚持中获得新生。

★ 二〇二二年三月十一日

哑哑的菜店

五年前五一的假期去武威看望父亲，顺便也尝尝凉州市场的各色小吃，找一找小时候的感觉。我最喜欢的莫过于早上去逛特别热闹的菜市场，看很多新鲜便宜的蔬菜，瞧熙熙攘攘买菜的人们，听卖菜老板的吆喝声："刚摘的茄子、辣子、西红柿，便宜卖！"菜市场四周小店是各色小吃，人一家比一家多，人们吃着热气腾腾的米汤油撒子、臊子面，在这浓浓的烟火气中开启新一天的生活。我买上最爱吃的酿皮子、油饼卷糕，还买了绿的小青菜、红的辣椒、白的萝卜，装满拉杆包，心满意足地回家。但到妹妹做饭时还是说我忘了买香菜、蒜苗之类的菜，要我快快去哑哑那里买来下锅。

我匆匆去了社区旁的那条街，找那位聋哑人买菜。他个子不高，长得很清瘦，与人交流时用手比画，发出呃呃的声音，用计算机算账的速度却很快，社区的人们习惯地称他为哑哑。那时他没有菜店，只在一排铺面边的空地摆摊卖菜，所幸这里也算是社区的中心位置，路上人来人往，人们为图方便顺路会买点菜。我买了哑哑的香菜、蒜苗，感觉比市场的多点，香菜根上有土没有喷水，这是我喜欢的。一旁有位中年妇人翻来翻去地挑西红柿，我有点看不下去了，但哑哑并不介意，等那位妇女挑好西红柿，便乐呵呵地上秤还给她抹去零头。

过了几天，我又去哑哑那儿买菜，一位女士说，要买一把香蕉回家吃，哑哑拿出一把给她，用手比画着，意思是说："就剩下这一把了，不太好就不要钱了。"那位女士说："看是香蕉熟透了，自己吃没有关系，不给钱不合适。"她从钱包掏出 10 元钱硬塞给哑哑，才拿了装好的香蕉离开，当时我心里是暖暖的。

三年前的冬天回父亲家，又去哑哑那儿买菜，看哑哑已经租了原先馒头店开了个小菜店，店里摆放着三个架子，架子上摆放着种类繁多的新鲜蔬菜。顾客很多，有买黄瓜、青笋、冬瓜、木瓜的，有要苹果、葡萄、梨的，他顾不过来了，就说菜和水果都在货架上，自己去找吧。我说要买点豆腐、豆皮、海带，哑哑比画着告诉我已经卖完了，让我去隔壁菜店买。

隔壁菜店比哑哑的菜店大了近两倍。老板是个很健壮的中年男人，看上去非常精明能干，又特别会说话，见我进店便很热情地招呼道："你买些啥菜啊？店里的水果都是新进的，买点尝尝鲜！"我看菜店三面墙的货架整齐地摆放各种新鲜蔬菜，门边还有一个大大的保鲜柜，里面摆放着各类火锅、烧烤的食材，菜店中间一块儿摆了十几箱水果，看着就特别养眼。唯一的缺点就是进店的人少，比哑哑的菜店冷清了许多。

去年夏天再次回老家，想顺道去哑哑的店里买个西瓜。进了哑哑的菜店，我说："麻烦给我挑一个甜点的沙瓤瓜！"他比画着告诉我，"今天的沙瓤瓜不太甜，准备让送瓜的人拉回去，不卖了！"我笑了，心想人都说王婆卖瓜，自卖自夸，哑哑不但不夸自己的瓜，竟然还说它不甜，这是什么道理！我不想再走路，便执意买了个小点的西瓜，他坚持给我抹去了零头。回家后我告诉妹妹，今天哑哑不打算卖瓜给我，我硬买的。妹妹说："哑哑人很实诚，瓜甜不甜他会告诉你的，所以我很喜欢去买他的瓜。"我用水冲了西瓜切开吃，正如哑哑所说，瓜确实不是很甜，但我的心里极甜。

★ 二〇二二年十一月十二日

春风吹过

"春风十里扬州路，卷上珠帘总不如。"春姑娘踏过山河林野、地垄田间、巷陌街头，把惊喜洒满悠悠天地之间，把希望赐予她的万千信众，她随手拈来的杰作，随你的喜欢与烦忧，任你相思，惹你闲愁。

春风吹过，金城一下子就热闹起来了。小草不知何时已经探出头，黄河畔有了淡淡的绿意，春风为柳枝剪裁出嫩绿的新装，在南北滨河路上恣意飘扬着、炫耀着。黄色的迎春花开了，红嘟嘟的桃花争相露出笑脸，粉色的樱花纷纷绽开花瓣，白色的梨花迎着春风招展，接下来一树树海棠花、丁香花、玉兰花也闪亮登场，有名的或无名的鲜花一轮接一轮地盛开，让人们目不暇接惊喜不断。

春风总是多情的。清晨到树林中可听见幽幽的风声、清脆的鸟鸣声、树叶沙沙的作响声。当你走在河边长发被春风吹起，发丝间似乎多了几分柔情。你静听春风的浅笑，是否能听到风与叶的私语？静听春风是多么美好的事，春风解了你心中的千千结。让一缕春风吹落你心头满满的尘埃，让一缕春风吹走你心间的痛苦和烦恼，让一缕春风抚慰你压抑已久日益焦虑的心情，让一缕春风将你的忧愁不如意吹得无影无踪。从此你的心放下羁绊回归淡定，重拾自信打点行囊踏上新的旅程。

春风总是浪漫的。夜幕拉开黑色的序幕，圆圆的月挂在夜空，淡淡的云若一层纱衣，朦胧的月色之下，春风沉静无声地吹过黄河的两岸，衬托黄河水的诗情画意。柔情的风吹过河水掀起一层层微微的波纹，缓缓的河水尽情享受着春风的拥抱，静静倾听风儿诉说着她来自远方的思念。人们轻轻走在夜幕下看着明月，尽情享受春风拂面的温暖。

春风又是野性的。春风有时也大搞恶作剧。夜里似个撒野的孩子桀骜不驯，偷偷裹着一袭黄沙吹过金城。等你一夜醒来，处处都是风留下的礼物——一层黄土一层沙。街道尘土飞扬，浓重的沙土味让人们呼吸不畅心情郁闷，更让海棠归梦梨花落尽樱花飘雨，让娇娘般的桃花灰头土脸失了颜面，让新发芽的杨柳树枝左右摇摆，怎么也抖不干净落满灰尘的新衣。

春风从来都是不寂寞的。湛蓝的晴空中，朵朵白云在嬉戏漫步舞蹈，春风总娴雅地吹过来又吹过去，吹得朵朵白云儿飘忽不定，吹得白云生气变了脸色，又吹得那朵朵云儿流了泪，春风如愿了得意了。风终于能牵到雨的手，从此谁也不曾离开谁，谁也不曾辜负谁。

春风从来都没有放弃过谁，她对林立的高楼和街市都是一往情深，从不计较有人在意有人漠视。然而这个春天疫情无情肆虐，使人们不能自由行走在最美的春天里，感受生机盎然的春的气息。医务人员、志愿者及无数的逆行者，他们无暇顾及春风的来去，没有时间找寻春风带来的点点滴滴变化，没有时间回味曾经吹过的春风和诗意的自己，只在无意间叹一叹春风吹过的花瓣真的很美。他和她穿着白色防护服在春风里行走，他和她穿着红马甲行走在春风里，他们用身体筑起一道道捍卫生命的钢铁长城，他们为这个春天又多添了一道亮丽的色彩。

只愿春风吹过，吹去疫情的阴霾；只愿春风吹过，金城一片艳阳天！

★ 二〇二二年七月六日

朝花夕拾

朵朵菊花开

　　秋天是一个丰收的季节，田埂上堆起的麦垛，展示了农民辛苦一年的收成，挂在树枝上的硕果证明了树对土地的承诺。秋天处处层林尽染、绚丽璀璨，远山上金黄的树林，落叶在风中飞舞，田野上有黄色、白色、紫色、粉色的小菊花装点，好像在告诉人们整个秋天便是诗意的、沉稳端庄不甘寂寞的……

　　秋天里的朵朵菊花在原野上开放，在暖和的阳光下微笑着歌唱，在山间瑟瑟秋风中摇曳她的舞姿，静沐着田间的秋雨。她们或许从未遇到一丝一缕关注、欣赏、赞叹，只在秋风中孤芳自赏，虽然遭遇千重难、万般苦，但都高昂着花蕾坚定地向上，向上。朵朵菊花经过整个秋天风霜雪雨的摧残后，枯萎了花瓣悄无声息委身于大雪的怀中。

　　与之相比，植物园里的朵朵菊花就幸福许多，有专门的花房培育，每一株都栽种在精美的花盆里，那种娇美如何形容呢？粉嫩的菊若霞光飘逸舒展细丝般的花瓣，嫩绿的菊似娇艳的美人的发丝懒散地打着卷，金绣球般的菊花一层层包裹、一瓣瓣相连如含情脉脉的少女，红色的菊像节日的礼花竞相绽放……无法形容千姿百态万般迷人的美色，朵朵盛装以待争奇斗艳，朵朵神采飞扬风情万种。人们争相驻足欣赏拍照，发朋友圈与远方的亲人分享。

　　朵朵菊花装点城市的道路，忍受漫漫长夜寒霜的洗礼，在曙光来临之时她们收起满目沧桑，画最精致的妆容，骄傲地扬着头，迎着阳光向路人致意，秋风吹过阵阵香气沁人心脾，她们以这种方式向秋天告白，留下一份美好给人间。

记忆中的一年秋天，我很寂寞地走过民勤县城的街头，看树上的黄叶子随风旋转飞舞飘落。当独自在广场徘徊时，偶然低头的一瞬间，发现几朵黄色的小菊花，花瓣上留下许多的沙粒，微风吹过轻轻地向我点头致意，似等了很久的朋友那般亲切，突然一种久违了的温暖穿透我的身心，阵阵感动涌上心头。生活中总被困顿和无奈缠绕，异乡漂泊中遇到几朵菊花相陪，孤独沉重的心情渐渐被消融了。我久久地停留，用手机为她们拍了很多照片，将她们的坚毅和美丽珍藏在相册里，也永久留在心中。从此以后我在秋天经过的每一座城市，都要拍下菊花最美的照片，并将其铭刻于记忆最深处。

　　我喜欢生活中遇到过的每一朵菊花，当秋风吹过，朵朵菊花总是微微地摇摆浅笑轻吟，她们不迎合世间的目光与评价，不在乎狂风暴雨的洗礼，不屈服于寒霜的萧瑟，被狂风吹过、被泥水践踏后，依然笑看世界，生为花之灿烂，逝去了无遗憾。菊花以绚丽的色彩装点秋天，以最隆重的仪式告别世界，让我们记住秋天是四季里最美丽最深情的季节。

★ 原载于二〇二二年四月二十九日《神州文艺》原创平台、二〇二二年九月二十九日《湛江日报》、二〇二二年十月一日《书香神州》

生活的模样

春夏秋冬一年轮回，日月星辰斗转星移。我们的日子就这样一天又一天悄无声息地逝去，许多美好似乎没有留下痕迹，那么随意地从我们身边溜走，去得无影又无踪。只等小孩子长大成人了，父母的发鬓花白了，我们才突然发现已无法找回原来的自己，只能在回忆中寻觅失去已久的生活模样。

时间匆匆流逝，在我们记忆深处只留下点滴的美好。许多快乐的旧时光随风飘逝，只在寂寞和寒冷的冬夜里突然想起，其实简单的生活没有什么不好，几人相约，在辽阔无边的草原上，有一缕朝阳、一树阴凉、一片草地、一抹绚丽、一顶帐篷、一段音乐、一轮满月、一夜星空，生活就是快乐的。骑着马无忧无虑地在草原上悠悠荡荡，无拘无束的笑声随风飘扬，遇见悠然的羊群，听牧民嘹亮的歌声，晚上围在篝火边载歌载舞……当我们融入大自然中，心情特别舒畅，那时的我们想快乐就能快乐。

曾经年轻的我们为实现人生目标，竭尽全力，努力奋斗，辛苦奔波，为梦想的幸福生活一路向前，无暇顾及过往的美景，未曾驻足观赏随处可见的一花一木，未曾停留欣赏桥上的风景、桥下的人，总以为诗就在远方，以为美丽的邂逅只是别人的故事、自己的梦。充满激情的生活，渐渐变得百无聊赖，生活只剩下日复一日单调的上班、加班、吃饭和睡觉。

偌大的城市繁花似锦，处处是高耸的摩天大厦、川流不息的车辆、熙熙攘攘的人群……而在阳光灿烂的日子里，我们步履匆匆奔波在水泥森林里，若说人在江湖身不由己，那么为追逐梦想只能在拥堵的城市笑傲江湖，用对未来的遐想支撑我们疲惫的心，其中的冷暖只有自己知道，快乐在生活中成为另一种释解，虽然在微笑中度过忙碌的一天，而期间的不容易与挫折伤痛谁人又能知晓？

偌大的城市里爱情真是奢侈品，真爱难寻，难寻真情。曾经一角五分钱一场电影，骑一辆自行车带你心爱的人去兜风的时代一去不复返，非诚勿扰的经典宣言："宁愿坐在宝马车里哭，也不愿意坐在自行车上笑。"已经明了现实的爱情需要用钱来衡量，许多纯洁的爱情因没房没钱没有经济基础，而过早夭折。

偌大的街市无数的住宅区，一栋栋高楼紧密相连，而门与门相对的邻居，相识相知的有几家？邻里之间关怀的目光总被冰冷的眼神隔断。相知的朋友同学就那么几个，匆匆来了又去了。

偌大的城市生活特别忙碌。我们早起上班急促的脚步，常常遭遇道路拥堵、车辆排队，一边是催得又急又紧的手机铃声，一边是似走非走的车辆，让我们好好的心情一下变得沮丧糟糕透顶。似乎已经忘却自己曾经是怀揣梦想鲜衣怒马的追梦人，来到一个陌生的城市打拼，理想终于被城市的热闹喧嚣消磨殆尽，现实生活磨平了我们所有的棱角，工作的艰辛让身心疲惫万分。

偌大的城市夜晚如梦似幻。我们踩着闪烁的霓虹灯，公交车坐了一站又一站。回到家中随意地填饱肚子，心情备受煎熬，焦虑房贷车贷，孩子的学校，父母生病的身体。昨天刚刚过去，没有来得及细想，恍然已过十年，人生一不小心已经到了不惑之年。

想来又想去，生活在城里真的不容易，城里始终找不到可以疗伤的地方，只有孤独和乡愁相随，心里满满的惆怅。回想年轻的我们曾经意气风发豪情万丈，吃一碗牛肉面几串烤羊肉喝几扎啤酒，就敢撬动地球。而今城市生活的累让我们倍感寂寞，问自己梦想去哪里？时间去哪里？真爱去哪里？邻里情去哪里？快乐去哪里？梦想被现实打碎了，时间被拥堵和手机信息消磨了，真爱被金钱裹挟了，邻里热情被冰冷的钢筋水泥阻挡了，快乐被烦恼困扰了。

　　生活总是充满了艰辛，我们要学会接受自己的不完美，给心留一个小小的空间，苦了累了受伤了，心里压抑积满了委屈。周末去大自然释放所有的负能量，去林中静听风的浅笑，让风洗涤焦虑的心情，清空尘世间的烦扰；去山水间寻找诗意的自己，让心灵吸收充足的养分；去看缓缓东流水，让河水带来惬意的快乐，让心渐渐地回归淡定，重拾对生活的梦想、快乐和爱，学会在艰难之中笑看大海潮起潮落、人生跌宕起伏。

★ 原载于二〇二二年七月三十日《神州文艺》原创平台、
二〇二二年八月十三日《湛江日报》、二〇二二年九月十一日《书香神州》

温暖的港湾

　　家是人生的起点，避风的港湾；家是游子的牵绊，心灵的驿站；家是引航的灯塔，迷途的海岸……家是一把泥土，因着父亲的担当，母亲的慈祥，开出的花都那么芬芳。

　　父母人生的全部，都属于这个小小的家。他们扛起生活的重担，为我们挡风遮雨，呵护我们成长，给予我们幸福快乐和无限的爱。他们目送孩子们一个个远行，自己却在冷清、寂静的家里蹒跚守望，任岁月压弯腰背、任发际爬满雪霜……

　　我家在一个小小的高原山城。那里山高路远，交通不便，物资匮乏。冬天里，父亲的单位能从外地拉一卡车白菜、萝卜、土豆和大葱，我们能从中分一点储备过冬。在偌大的家属院里，偶有谁家的亲戚从外地捎来粉条、腐竹之类的干货，大家都特别羡慕！艰苦的生活没有影响父母对生活的热爱，他们用辛勤的劳作换来微薄的收入，精打细算也能把"紧日子"过成"好日子"，我们的成长学习都是无忧无虑且快乐的。

　　父亲爱读书也爱藏书，打小就教育我们要多读书，读好书。为让我们多了解课本以外的知识，他专门订了《儿童时代》《文史报》。耳濡目染下，孩子们都喜欢与书为伴。父亲对待书籍是认真而敬畏的，有一次弟弟拿了父亲书柜里的书，看完放错了位置，父亲说："要看哪本我取给你们，不许乱拿乱放，书是有归类和编号的！"从此我们便严格遵守规矩，小心翼翼地看那些藏书，不敢有丝毫折角或损坏。现在想来，正是父亲的规矩和严厉，给我们心中埋下了敬畏知识的种子，让我们至今都保持着读书的习惯，且读书时仍能一丝不苟。

母亲用针线缝出我们多彩的童年。一觉醒来，母亲还在灯下一针一线纳鞋底。我说："你不瞌睡吗，你睡吧！"她笑笑说："我再赶几针，给你的新鞋很快就做好了！"我既心疼母亲的身体，又盼着自己的新鞋，自顾自地睡去了。母亲熬夜做完我的鞋也不能闲着，她依旧每天熬夜，她要做妹妹的棉衣、弟弟的裤子，还要缝补大人小孩开了洞的袜子……母亲心灵手巧，针线活很细，邻居家孩子过年的新衣新裤要去裁缝店里做，而我们的衣裤都是母亲自己做。她用旧衣服拆出布料，熨平整后就着报纸用粉笔画出样子，再用纸样子拓住布料裁出各式的衣服和裤子，经过缝纫机飞针走线后，这些衣服的手工不比专业裁缝差。常有邻居拉住我："你的衣服真好看，哪家裁缝做的？"每每我都很自豪地说："我妈妈做的！"心里甭提多美了。

父亲对生活的积极乐观，一直感染着我们。父亲的生活简单质朴，物质上虽然贫乏，但挡不住他对精神生活的追求。他每月的工资仅够一家人基本生活开销，根本没有结余。为了买书和邮票，他只能经常加班翻译藏文稿件，挣一些稿费来维持自己的爱好。难得有不加班的时候，他会拿出相册，说说老家父辈的故事，说说他小时候遥远的记忆，有时他还小心翼翼拿出珍藏的邮册，让我们在邮票的方寸之间，了解外面精彩的世界。那些单调的日子里，看着色彩精美的邮票，我们了解到很多历史、地理、花卉、生肖的知识，听父亲讲每一枚邮票特别的故事，深厚璀璨的中华文化便在父子间悄悄传承。受父亲集邮的影响，我们几个孩子都有各自喜欢的收藏，我有一大本集邮册，妹妹有一整盒糖果纸和火花，弟弟积攒了一纸箱小人书和烟盒。星期天我们都拿出来，给大院的孩子们晒一晒，炫耀我们最新收得的宝贝，自得自乐。

母亲烹调的烟火美味，散发着浓浓的爱意。每个晚上，当四个孩子做完作业，母亲就能蒸出新鲜的馒头、包子；母亲上街买上羊骨架，加上粉条土豆萝卜炖上一锅汤，我们就能在秋日里吃得酣畅淋漓；母亲用炒面、牛油、花生仁和核桃仁做出香喷喷的油茶，我们就能在冬日里美美地喝上一碗，暖暖地迎风冒雪去上学。端午节母亲用糯米、大红枣、葡萄干蒸年糕；中秋节用白糖、红糖、红绿丝烙月饼；元宵节用碾槽碾碎糯米，用红糖玫瑰做馅滚元宵……母亲饭菜做得好，惹得父亲的同事总找机会来我家吃饭。在物资匮乏的 70 年代，能吃一顿像样的四菜一汤是很奢侈的，不懂事的我们总乐于每天都有好吃的，却从未体谅母亲的辛苦。

父亲不经意的庇护，总让我们窃喜不已。小孩子们都喜欢去别人家玩，看有趣的书，玩人家的新鲜玩具，顺带吃个糖果瓜子。在大院里我父亲是非常严厉的，邻居孩子都害怕，只有父亲不在家才敢到我家玩。而暑假的一天下午却出现了"意外"，父母上班后，院里的四五个小孩来我家玩跳棋，冷不丁有个小孩从外面急急来喊："她爸爸回来了！"大家慌了神，大孩子跑得快些，三步两步已经到了院子，小孩子慌不择路，闷声钻到了床底下……我和妹妹左顾右盼应付父亲问话，口里回答着已经吃了早点也做了作业，心里却非常担心他发现我们的"秘密"。或者他早就发现了，但却听他随意说了声"把屋子收拾整齐"就借故出去了，我们心里偷偷地乐。父亲对我们表面是严厉的，但内心还是温柔关爱的，也因此造就了我们姊妹活泼开朗的性格。

母亲的随和大方，点亮了邻里亲情。母亲的针线活好，在大院里出了名，找母亲帮忙的人很多，邻家孩子的衣服不合身啦，同事的袖边裤角磨破啦，亲戚姑娘要赶嫁衣啦……总有母亲针线发挥的地方。母亲白天忙单位的工作，每晚还要熬夜赶别人的活，眼睛里的红血丝，让我看在眼里疼在心里："别人孩子的衣服，他们父母为啥自己不做？"母亲却不厌其烦，她只是淡淡地告诉我："邻居间就应该互相帮忙！"家属院里住着来自天南海北七八十户人家，大家却情同一家人：北京的叔叔带来饼干，院里的孩子都能吃到；上海的阿姨带了泡泡糖，院里的孩子人人有份；山里的亲戚来了炒上一盘豆，每个孩子口袋都是满满的……现在我懂了母亲的心思，独在异乡为异客，能把他乡当故乡，那一定是一种特别的感情温暖着彼此。院中几十户人家，同吃一口水井，共同生活几十年后又各奔东西回到故里，相信谁都无法忘怀曾经在甘南大院里生活的浓情岁月，时光也无法冲淡那些邻里携带、困难相帮的经年往事。

　　家是心灵的港湾，父母在，爱就在。我们有了自己的小孩，才渐渐懂得父母的不易。20世纪60年代初是国家最困难的时期，他们响应号召到祖国最需要的地方去，满怀一腔青春热血，支援边区经济建设，他们的生活远比我们想象的要困苦艰辛。但他们热爱生活，热爱儿女，他们以坚强无畏的信念，坚韧不拔的精神，勤劳勇敢的意志，影响着我们，教会我们真诚对待生命中遇到的每个人，认认真真地干好每一份事，踏踏实实地过好每天的生活。父母在，家就在。每当在工作中受累、受挫，每当有了委屈、伤痛，寻求慰藉的地方只有家，那才是我疗伤的地方，唯有拨通母亲的电话，心才会平静。

　　父母将生命的全部给了我们，而我们给予父母的能有什么？多年之后想念远在天堂的母亲，愧疚且心疼，子欲养而亲不待，是何等悲凉？"等我忙完了""等我有时间了""等我下次来了"……我总让她老人家等一等。而那个给我发肤、抚我长大、爱我如天的我的母亲，那个一天比一天衰弱的我的母亲，终究没有等到我承诺带她回老家的那一天！我成了没有妈的孩子。近在咫尺的父亲有一个小小的愿望，去杭州苏公堤边坐坐，终究因我的"忙"而没有"机会"，当终于计划要去时，父亲已经无法成行。羊有跪乳之恩、鸦有反哺之义，我的父亲母亲，我还能怎么回报你们？

★ 载于二〇二三年二月八日《神州文艺》原创平台

诗歌飞扬

SHIGE FEIYANG

·远　山·

· 天鹅湖畔 ·

·尕海盛夏·

· 空山新雨 ·

· 炊烟袅袅 ·

· 湿地金秋 ·

·桥·

· 似水流年 ·

· 则岔云海 ·

· 彩 虹 ·

· 草 原 ·

· 草原晨曦 ·

· 草原小夜曲 ·

·一程山水·

· 绰约风姿 ·

再别高台

去了传说中的高台

只为给故人一个惊喜

不承想却给自己一个意外

见故人依旧如故

那细腻的心思未曾改变

依然淡定沉稳不言不语

只是眼里多了几分朦胧

以葡萄美酒掩饰颤动的心

醉别只为一种深深的遗憾

到高台不见台高出地平线

去骆驼城未闻驼铃声声

传说中的美丽只在心里

许多往事永久珍藏

不曾后悔相伴远去的日子

注定天上的月亮在天上

水中的月亮在水中

留一帘幽梦投影到湖水中央

灯火辉煌的世纪广场

当世纪钟声再次响起

草原山城迎来 50 岁华诞

奉献过青春年华的人

早已发鬓微霜步履蹒跚

他们不远千里来祝福

一同见证承载生命历程的城市

合作世纪广场

曾经落叶轻舞飞扬

白杨林茁壮成长

一代人燃烧青春

挥洒汗水，谱写未来

合作世纪广场

多少人为迟迟不来的春天惆怅

翘首相盼浪漫的季节

一起相约草原

独自寂寞徘徊在

冷风瑟瑟的秋天

合作世纪广场

七彩灯诉说另一种辉煌

椰子树点缀广场

闪烁着异国情调

轻盈踩着锅庄舞的人们

心随着喷泉一起跳动

在灯火辉煌的世纪广场

太多的人，停下漂泊的脚步

忘记了回家的路

流星雨

流星落了，那是上苍流泪了

雨水落下，那是思念涨潮了

月亮升起，那是情谊珍藏了

人间的喜鹊飞了，那是七夕要到了

赶在牛郎织女鹊桥相会前

来一场流星雨，点亮整个星空

让天下的有情人，终成眷属

随风而去

青云飘散在天空

把自己化作一场雨

匆匆消失得无影无踪

总以为走进了离开了

就真的能随心所愿了

浅浅的忧伤变成泪滴

滑过脸庞后便没了痕迹

收藏悲伤远走他乡

在陌生的城市徜徉

用忙碌奔波掩饰失落

用酒精麻醉受伤的心

一路走来，有多少桥曾驻足

朋友无数知己究竟几人

留住的风景又有几处

激情过后谁愿陪你浪迹天涯

寒冷的冬天会渐行渐远

鸟语花香总会扑面而来

生活不只眼前的苟且

其实还有诗和远方

月牙泉的忧思

大漠黄沙孤烟

千年风沙雕塑的鸣沙山

化作一处温暖的港湾

默默守护在月牙泉边

望眼欲穿的相思

遥遥无期的等待

只为圆心中的飞天梦

为了千年不变的承诺

月牙泉孤单地追逐

夜空升起的每一轮满月

大漠沉静而悠远

长河落日风光无限

划过手心的沙

让渐行渐远的驼铃声

捎去遥远的祝福

葡萄美酒醉了痴迷的心

留下一段说不出口的爱恋

鹊 桥

织女的相思泪

打湿了牛郎的心

搁浅已久的爱

美酒般醇香

好心的喜鹊

搭起一座爱情的桥梁

相思很长，相聚总是很短

夜空，星星眸子般闪动

我不知道是向我传递媚眼

还是想告诉我一个隐藏已久的秘密

但愿人间存在一座永恒的天桥

在那边老槐树下

我愿聆听你绵绵的诉语

人海之中

茫茫人海里

悠悠红尘中

注定的缘分

千年等一回

匆匆的我去

轻轻的你来

前世的相欠

只为等待今生的相许

漫漫的寻觅

旧旧的期盼

欲将心事付瑶琴

弦断，心事几人知

我和草原有个约定

总想一个人，独自走过草原

在山水间穿越

只为看一路风景，寻梦

爱草原的天空和气息

渴望随意穿越一座山

向往潇洒蹚过一条河

躺在开满格桑花的山坡上

打一个滚，看身边的羊群

白云一样，从一面山坡

爬向另一面山坡

其实时间，就是藏在岁月深处

用来擦干自己眼泪的那只手

在经年的记忆里

那些美好的遗憾

像我和草原之间的约定

绿了又枯，枯了又绿

生生不息

兰州的温度

兰州，因一条东流的黄河穿城而过，

而多了一份灵气，

一列列火车横跨中国的东西，

贯穿祖国的南北连接了世界，

因"一带一路"让古丝绸之路欣欣向荣。

春天，因长长的黄河风情线绕城，

而多了一份温暖，

舒缓的太极拳娓娓道出生活的悠闲，

欢快的广场舞跳动着日子的红火，

飘荡的风筝放飞着童年的梦想。

夏日，因隔河相望的白塔山和皋兰山含情脉脉，
而多了一份缠绵，
仿佛在两岸就为彼此等了千年，
默默相守柔柔的目光彼此注目，
让久违的蓝天白云为他们披上嫁衣。

秋天，因一座黄河铁桥留下许多的故事，
而多一份幸福，
收获的季节里年轻的他们确认爱的眼神，
夜幕下的桥上穿婚纱的新娘牵手梦中的王子，
在灯火阑珊处执手相伴留下美好的记忆。

冬天，因一场冬雪给金城披上了洁白的纱衣，
而多了一份妩媚，
那袖间的《四库全书》讲述着历史，
纤手中的《读者》流淌着甜美的语言，
黄河落日勾画出你婀娜的身姿。

兰州，因盛产闻名的百合，
而多了一份爱意，
许你百年好合的诺言，
请您来西北找寻三生情缘，
和美丽的兰州牵手，
百年好合，好合百年。

★ 载于二〇一九年五月《甘肃信合》

我的河西，我的家

莫高窟珍藏华夏千年历史
敦煌壁画丝路花雨惊艳世界
西出阳关亦有故人相见
鸣沙山永远守护着月牙泉
沙漠里那最后的一汪眼泪
可曾听见飞天的反弹琵琶声
在大漠深处萦绕回旋

秋色里金塔的那片胡杨

在长河落日中孤芳自赏

在水边倒映出金色的戎装

你不远万里前来徜徉

拜倒在她的面前若梦一样

让蓝天白云见证这美好时光

我的张掖我的家乡

黑水河养育我苗壮成长

七彩丹霞吸引世人的目光

你不远万里踏歌而来

匆匆过客惊叹于她的容颜

留一组惊艳的回忆

带走一帘幽梦的绵长

祁连山下碧水芦苇荡漾

荷塘月色疑误入江南水乡

焉支山下胭脂相映红

秋色无限寒雪飘扬

这大漠孤烟的塞外

睡佛仍然那样慈悲安详

★ 载于二〇二一年十一月《甘肃信合》